Sword Art Online 刀劍神域外傳

Gun Gale Online

5

—3rd特攻強襲 背叛者的選擇（下）—

Sword Art Online Alternative
Gun Gale Online 5
3rd Squad Jam Betrayers' Choice

時雨沢恵一
KEIICHI SIGSAWA

插畫／黑星紅白
KOUHAKU KUROBOSHI

原案・監修／川原 礫
REKI KAWAHARA

Kadokawa
Fantastic
Novels

CONTENTS

3rd SQ

Sword Art Online刀劍神域外傳

GUN GALE ONLINE

5

3rd特攻強襲
背叛者的選擇（下）

時雨沢恵一
KEIICHI SIGSAWA
插畫／黑星紅白
KOUHAKU KUROBOSHI
原案・監修／川原 礫
REKI KAWAHARA

Kadokawa Fantastic Novels

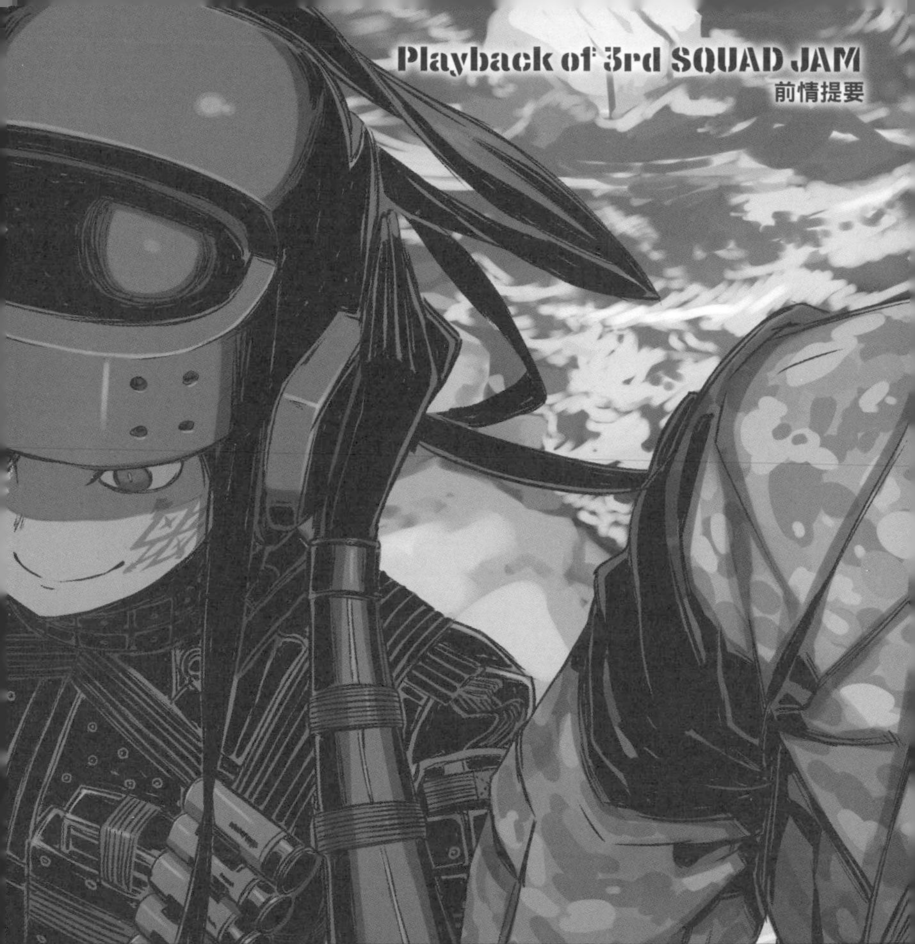

Playback of 3rd SQUAD JAM
前情提要

二〇二六年。初夏。

為了拯救Pitohui而進行死鬥的第二屆Squad Jam也順利結束，小比類卷香蓮便過著悠閒的大學生活。結果即將舉行第三屆Squad Jam的通知寄送到她身邊——

不願再跟Pitohui戰鬥的蓮拒絕參加這屆的大會。但是在Pitohui打著「與ＳＨＩＮＣ約定好要決戰」的招牌來邀請蓮作為參賽隊友後，蓮也只能勉為其難地決定參加ＳＪ３。

兩人便與不可次郎、Ｍ組成被視為優勝最熱門隊伍的

「LPFM」小隊。但是SJ3的規則極為嚴苛。

除了戰場將隨著時間經過而沉入海中之外，還有隱藏在地圖中央的謎樣「UNKNOWN」區域。另外到了遊戲中盤之前內容完全隱密的特別規則，內容更是相當驚人——

「被指名到的成員，將成為『背叛者』脫離原來的小隊。然後加入由被指名的成員所組成的新隊伍，之後與其他小隊戰鬥。」

而「LPFM」被選為背叛士兵的，正是蓮最不想與其戰鬥的對手——Pitohui。

SECT.8

第八章　至今為止的SHINC

二〇二六年七月五日。

十二點三分。

「哇哈哈哈哈！」

老大笑了起來。

豪爽地笑了起來。

這時她正在島嶼的東南方邊緣眺望著靠近的海洋。

「真有趣！小姐們，屁股著火了喲！一開始就毫不留情地進入突擊態勢嘍！」

SHINC是在三分鐘前，從島嶼東南方邊緣的海岸開始本屆大賽。

根據SJ2以後「強隊分散在四個角落」的不成文規定，這是距離上屆優勝的「強隊」T—S、MMTM還有蓮等人都相當遙遠的位置。

周圍是有許多巨大岩石塔並列的岩礫荒野。

高度15公尺到20公尺，直徑5公尺左右的岩塔在數十公尺的間隔下凌亂地豎立，呈現出一副不可思議的景觀。

宛如竹筍怪物的岩塔，正如M所預測的是因為雨水侵蝕而形成的大自然藝術品。雨降落到容易被水侵蝕的大地，只有上方覆蓋著其他種類岩石的地方變成塔狀殘留下來。

下方則因為是別的地層是堅硬的岩層而幾乎是平坦地形。因此這裡除了塔的後面之外就沒有其他藏身處了。

但可以知道大賽開始後1公里內不會有敵人，而且也因為塔的關係而看不見遠方。SHINC的六個人就警戒著海洋之外的周圍，並且選擇了觀看十二點十分首次掃描的固定程序。

但是短短一分鐘後——

「咦！各位，海往這邊迫近了喲！」

嬌小敏捷的前鋒——塔妮亞最早注意到這種現象。

也就是這個戰場具備了島嶼下沉，或者是海面上升這種隨著時間經過逐漸變窄的特性。

了解主辦者意圖的老大放聲大笑，同時立刻決定變更作戰計畫。

「哦？」

酒場裡的觀眾也從轉播影像裡注意到，SHINC開始採取過去未曾有過的作戰。

觀眾們都清楚「Squad Jam當中，最初的十分鐘不需要發動攻擊」這個鐵則。所以都認為十二點十分的首次掃描過後戰鬥才會開始。

所以他們也都還很悠閒。不是在酒場裡吃吃喝喝，就是和伙伴預測這次的優勝者是哪支隊伍。

發現吊在天花板的大螢幕裡，ＳＨＩＮＣ開始全速前進時，他們全都嚇了一大跳。

「咦？那些傢伙開始衝刺了耶？」

「咦？比賽不是才剛開始嗎！」

畫面當中，以塔妮亞這個手拿野牛衝鋒槍附加消音器的小個子為先鋒，小隊的六個人突然就開始全力奔馳。

「怎麼了怎麼了？那些傢伙在想什麼？」

「因為海洋逐漸迫近而自暴自棄嗎？」

「優勝的熱門隊伍會這麼脆弱？」

在觀眾帶著不可思議以及不安的心情注視下——

ＳＨＩＮＣ的六個人，就把各自的武器擺在腰間，然後看著左手邊水位慢慢上升的海洋，同時以在岩塔間移動的方式來前進。看得出是毫無猶豫與停滯的疾馳。

領頭的塔妮亞速度實在太快，所以經常會停下腳步來警戒著周圍並且等待同伴追上來，至於其他成員則完全沒有休息。

經過兩分多鐘，當畫面旁的時鐘宣告時間來到十二點五分時——

她們突然停下腳步。以距離來看，大概跑了數百公尺吧。塔妮亞似乎簡短地說了些什麼，但是轉播聽不見她說話的內容。

所有人立刻躲到岩塔後面，只有跑在最後面的安娜開始爬上眼前的岩塔。

沒有攜帶任何繩索的她只能直接空手攀爬，但還是很輕鬆就爬上施力點不算多的岩塔。靈巧的動作令人嘆為觀止。

「太厲害了，她一定具備某種攀登技能。」

其中一名觀眾以充滿自信的表情這麼說著，不過實際上並非如此。那是身為「安娜裡頭的人」，也就是安中萌的玩家能力。由於雙親的興趣是抱石(bouldering)，所以她從小就被迫參與這項活動。

其實不只是萌，ＳＨＩＮＣ的所有成員都是運動少女。

由於平常就每天都運動身體，所以和只在遊戲裡存在的勇者與戰士，現實中則是缺乏運動的玩家們從基礎就不同了。

安娜迅速地爬上岩塔，背後的德拉古諾夫狙擊槍與金髮也隨著她的身軀微微晃動。

輕輕鬆鬆就爬上高15公尺，相當於五層樓高岩塔的安娜，直接趴在頂端的岩石上。她從背後取下德拉古諾夫狙擊槍放在右側腹，接著從腰包拿出雙筒望遠鏡開始搜索周圍的敵人。

短短五秒之後——

安娜嘴裡呢喃著什麼，並放下望遠鏡改拿起德拉古諾夫狙擊槍。

趴在岩石上的她仔細地瞄準，然後發射ＳＪ３的第1發子彈。

「為什麼啊～？」

ＳＪ３第一名戰死者就呢喃著這句話並一命歸西了。

在猛烈的風勢當中，還是由安娜強大的運氣獲勝了。

狙擊的第1發命中胸口，接下來的第2發直接命中額頭，算是遇上了倒楣的即死路線。

男人渾身肌肉的身軀直接撲倒在滿是岩石的大地後，只揚起些許土塵。留著龐克頭髮型的頭部也跟著橫躺在大地上。

小隊成員當然嚇得跳了起來，在間隔5公尺的距離下警戒著周圍的他們……

「咦？等等？啥？為什麼？」

「喂，開玩笑吧？」

「快趴下！」

搞不清楚狀況的眾人只能當場蹲低身子。

他們顯示出來的隊名是「ＢＫＡ」。

平常是一群開開心心玩著Gun Gale Online的中隊，可以說是他們特徵、概念或者題目的正是——「世紀末」。

某部電影是以「文明因為核戰毀滅之後，該如何在暴力支配的世界下生存下去呢，哇哈！」而聞名，另外也有漫畫是被其啟發而繪製出來，這群玩家正是在遊戲內重現這樣的世界觀。

所以打扮都符合那樣的氣氛。

像是破破爛爛且附加了許多護具的皮夾克，上半身裸體並且在皮膚上塗滿不可思議的顏色，跟剛才死亡的男人一樣留著誇張的龐克頭，或者在臉上繪製恐怖的圖案。

槍械也盡量選擇一九七〇年代以前製造，又舊又堅固的類型。

而且還故意沾上泥土等髒汙、自行改造成零件損毀的模樣，或者將兩把槍械組合起來製作成合成獸般的武器。剛才死亡的龐克頭男，手上ＡＫ４７的槍托就是使用圓鍬的握柄。

這徹頭徹尾的瘋狂模樣，應該可以說是在ＳＪ３參賽隊伍拍攝小隊團體照時，外表給人最強烈印象的小隊了吧？

雖然是這種小孩子看見後會嚇到嚎啕大哭的模樣——

但在現實世界裡，他們不是超喜歡小孩子的保育員，就是從惡火底下保護城市的消防隊員，以及深受國中女生歡迎的補習班老師。

這時酒場內的觀眾——

「啊～這真是太可憐了……」

全都以憐憫的視線看著這樣的ＢＫＡ小隊。

因為接下來播出的全是他們不斷死去的畫面。

被安娜發現後，其中一人因為突然的狙擊而喪命，而半自動狙擊槍的追加射擊，讓他們只能當場趴下或者躲藏在附近的岩塔後面。

毫不留情的女性們就往他們逼近。

ＳＨＩＮＣ的成員，已經藉由安娜從高位搜敵後傳出的報告得知敵人身在何處。同時也知道周圍沒有其他敵人小隊。

這樣的話，當然只有讓其全滅的選項了。

銀髮的塔妮亞像疾風般奔馳，繞到敵方隊伍的右側。躲藏在岩塔後方那個上半身全裸的肌肉男便進入她武器的射程當中。這時兩者之間的距離只有短短30公尺。他因為害怕受到狙擊而整個低下頭，所以根本沒看見塔妮亞。

但塔妮亞沒有立刻射擊。迅速瞄準目標的她當場停下來待機，同時利用通訊道具對伙伴說了些什麼。

十秒後，PKM機槍開始發出咆哮。低沉的重低音在乾燥的世界引起了迴響。

無情的子彈雨像是穿越塔與塔之間的空隙般，落到世紀末小隊藏身處的周圍。

雖然有好幾個人被子彈擊中，但總算是沒有因此而喪命，於是五個人站起來開始逃亡。

發現行蹤完全被敵人掌握，繼續停留在這裡只是等死後，立刻全力逃走已是眾所皆知的鐵則。

在GGO當中，夾著尾巴逃走絕對不是什麼丟臉的事情。只要HP沒有歸零，就能夠復活並再次戰鬥。

他們此時絕對是帶著這樣的想法……

「啊，不能往那邊逃啊。」

但很可惜的是，他們聽不見根據影像而清楚掌握狀況的觀眾所發出的聲音。

五個人就在著彈特效如花朵般閃爍，也就是身體被打成蜂窩的情況下不斷被擊倒。

子彈是來自塔妮亞剛才已經瞄準好的野牛衝鋒槍，以及追上來的老大所持的VSS。

兩個人宛如進行射擊練習一般，不斷開槍將逃到眼前的五個人放倒。

成為ＳＪ３首支出局小隊的他們應該是在事後重看轉播畫面時，才知道剛才ＰＫＭ的攻擊是為了引誘自己這幾個人踏入陷阱。

十二點九分──

面對在最初的掃描前就幹掉一支小隊的ＳＨＩＮＣ……

「好恐怖的一群女人。」

「一點都不可愛……」

酒場裡的觀眾做出了參雜著難以置信與讚賞的感想。

「現在觀看掃描！警戒四周！」

老大凜然的聲音飛至，眾女性隨即圍成圓圈。

不過圍成圓圈時臉不是朝內而是面向外側，同時槍口也跟著朝外的陣形。

五個人就在岩塔林立的世界裡，警戒著三六〇度的周圍。即使掃描尚未開始，敵人還是可能因為巨大的戰鬥聲察覺她們的位置。

為了不被人用一發手榴彈一網打盡，她們在最少間隔５公尺的情況下緊趴在岩石大地上。

除了負責搬運的蘇菲之外，所有人都架起自己的槍械。

只有老大一個人盯著衛星掃描接收器。

十二點十分。

ＳＪ３最初的衛星掃描開始了。

緊接著在短短十秒鐘後。

「全員往北北東移動！距離９００！」

眾女性根據把儀器收進口袋的老大所做出的指示開始移動。她們像彈跳起來般站直身子後，再次開始全力奔馳。

沒有任何一個人偷懶。全都展現精神抖擻，一絲不亂的動作。

而且明明目前仍在掃描當中——

這也就意味著所有隊伍都能看見她們的移動，但老大還是毫不猶豫地下達命令。

伙伴們也因為完全的信賴而遵從她的指示。

六個女人以怒濤般速度前進的方向，突然有一顆黃色信號彈升上天空。

「什……麼……？」

老大雖然一瞬間瞪大了眼睛，但立刻以野獸般的笑容吼著：

「噢！原來如此，是這種作戰嗎——那真是剛好！接下來的獵物就是那些傢伙了！去把他們全都幹掉吧！」

「那是為了屠殺強隊而集合起來的訊號喲！」

酒場裡，某個集團正看著蓮他們的轉播時，一名戴著貝雷帽的男人便一臉驕傲地在旁邊，訴說著合作打倒強敵的共同作戰……

「喂喂，她們已經開始下一波攻擊了！」

看著ＳＨＩＮＣ轉播的觀眾們，暫時覺得黃色信號彈的意義已經不重要了。

因為下一場戰鬥已經開始。

「已經衝過來了嗎！」

「真是不敢相信！」

男人們發出悲鳴般的感想，同時丟下掃描器並架起自己的愛槍。他們槍口對準的方向是南南西。

男人們的槍械是──

兩把全長1公尺20公分的粗獷大型機槍「ＭＧ２５０４」。

一把巨大高倍率瞄準器極為顯眼，細長外型的槍械本體反而像是附屬品的狙擊槍「SorpresaＡ２」。

三把全長80公分的小巧突擊步槍「Ｇ９９１Ｋ」。

這些都是沒什麼聽過的名字，不過這也是理所當然——因為它們全都是光學槍。

「射擊！全力射擊！」

這時開始傳出的不是來自火藥的槍聲，而是小鳥連續啼叫般發射能源的清脆聲響。

如果是觀看過ＳＪ２的人，或許會記得畫面中開始拚命射擊的這支小隊。他們是在地圖西北部的城市裡以鐵路車站為據點的六個人。

他們顯示出來的隊名是「ＲＧＢ」。

看起來雖然像三原色的字首但並非如此。那其實是「Raygun Boys」的簡稱。

男人們不是穿著牛仔褲就是全身迷彩服，或者是科幻設定的連身服，雖然服裝完全不一樣，但武器倒是貫徹了自己的原則。

正如中隊名稱中的Raygun所顯示，他們所有人都使用現實世界裡不存在的光學槍。

在ＧＧＯ的世界裡，光學槍屬於回歸地球的太空船當中所使用的未來武器，而實彈槍則是留在地球的現物或者是設計圖。

光學槍的光彈是由能源包所供給，姑且不論其詳細構造，它確實是相當優秀的武器。總共有以下幾個優點。

首先，槍枝本身相當輕，很難產生重量或者移動限制。

這個特徵在剛才的ＭＧ２５０４上尤其明顯，它的大小雖然和實彈機槍差不多，但重量只有其一半，也就是５公斤左右。至於其他槍械，重量也比同種類的實彈槍輕了三分之二左右。

第二個優點是一個能源包就能發射許多光彈。

雖然光彈數量將因為能源包的容量與每１發子彈的威力，也就是能源消費設定而有所改變，但就算是小型手槍用的能源包也能發射１００發。機關槍用的能源包則可以持續射擊將近１０００發光彈。

另外和容易受風與重力影響的實彈槍相比，它對於遠距離目標的命中準確度也比較高，而且因為子彈全都會發光，也比較容易進行彈道修正。

當然，它同時也具備許多缺點。

遭遇下雨或者霧氣這種惡劣天候時，其威力就會大幅減低。

如果是會玩ＧＧＯ這種遊戲的槍械迷，也無法由衷地對虛構的槍械設計感到滿意。

開火時的後座力小雖然有助於提升命中率，但也因此而欠缺了開槍的感觸。甚至有人表示就像在開軟氣槍一樣。

而最大的缺點就是——

威力會因為「對光彈防護罩」這種人人在對人戰鬥裡必備的道具而大大減弱。

由於光學槍對戰場上的怪物有效，所以優秀的ＧＧＯ玩家都懂得把它和實彈槍交替使用。

在ＳＪ這種「對人戰祭典」裡使用光學槍當然不符合常識，但ＲＧＢ小隊卻刻意這麼做。

「讓我們告訴那些傢伙光學槍的魅力吧！你們這些人不久後就會模仿我們了！」

「光學槍會漲價吧。還是趁現在先買光學槍製造商的股票比較好吧？」

「什麼叫不利！克服不利的條件才能讓我們發光發熱！沒錯！就像這些子彈一樣！」

嗯，他們就是帶著這樣的氣概。

應該還有人記得吧，他們在參賽的ＳＪ２裡遭受不可次郎的槍榴彈砲擊，沒有任何表現就退場了。

不過他們這次也順利地打進ＳＪ３。

接著在酒場裡聽見貝雷帽男告訴他們的「作戰」，於是趁著這個機會在最初的掃描之後發射黃色信號彈……

「為什麼那些傢伙立刻就衝過來啊！」

結果這個舉動反而把ＳＨＩＮＣ那群渴望殺戮的女人給吸引過來了。

「已經開始下一場戰鬥了嗎！節奏太快了吧！」

「有什麼關係嘛，這樣我們也不會無聊啊！」

樂趣增加的觀眾，視線前方的畫面裡可以看見ＲＧＢ的六個人開始射擊。

由於他們帶來大量能源包，不必擔心子彈用罄，於是便卯起來連續射擊。

六個人的光學槍槍口發出炫目亮光。簡直就像水管在灑水一樣不斷吐出光粒。

顏色是黃色、淡綠色以及橘色。顏色可以依照自己的喜好來變更。這支小隊是把機關槍設定成黃色，突擊步槍是淡綠色，至於橘色則是狙擊槍。

光彈的初速——也就是從槍口飛出來時的速度和同類型的實彈槍幾乎沒有差別，但是具備「不會因為空阻而減速」的特徵。相對的，造成的傷害量也會因為距離而減少。

閃亮的光彈穿越岩塔之間，筆直地飛過大約７００公尺的距離，降落到位於該處的ＳＨＩＮＣ成員周圍——

有幾發子彈確實地命中了目標。

畫面當中，數發黃色光彈陷入筆直奔跑的老大巨大身軀裡面。

啪嚓！啪嚓！

光粒就隨著水花濺開般的聲音，在她身體前方碎成更小的顆粒並消失。

「啊，完全沒有受傷。」

「也難怪啦，畢竟距離這麼遠。」

酒場內的觀眾發出了嘆息聲。

那是ＧＧＯ玩家每個人都一定會擁有的寶石般道具──「對光彈防護罩」的力量。

實際上雖然看不見，但是裝備著的人就像包裹在透明的繭裡一樣。不論從哪個角度射擊，光彈的力量都會被削弱。

其防禦力雖然會根據被擊中的距離而有所變化，但像現在的ＳＨＩＮＣ這樣距離７００公尺的話，就只會減少一丁點ＨＰ。

即使如此……

「有用了！擊中對方了！繼續射擊！」

ＲＧＢ的男人們……

「哦！」

「太好了！」

「了解！」

開始猛烈地射擊。

三色光彈朝遠方飛去的模樣看起來非常美麗。如果是實彈槍，不把所有子彈換成曳光彈（後部發光而能看清楚彈道的子彈）的話，就沒辦法看見這種煙火大會般的光景吧。

「信號彈已經發射了！在這裡拖住她們的話同志就會趕到！」

他們也不是只會狂扣扳機的笨蛋。腦袋裡面已經完成勝利方程式。

雖然因為SHINC突然的突擊而嚇了一跳，但依然深信情勢是己方有利。

藉由剛才的掃描得知SHINC位置的其他小隊，看見我方所發射的信號彈，一定會趕到這裡加入自己的陣營。因為在這種情況下，這麼做對大家都有好處。

而自己這幾個人只要在這裡撐過這幾分鐘就可以了。

幸好使用的是不太需要擔心子彈數量的光學槍。就算在這種距離下無法打倒對手，只要不讓她們繼續接近就可以了。

雖說具備對光彈防護罩，但更靠近的話傷害當然也會增加，所以SHINC也不會硬著頭皮衝過來才對。就算有逃走的可能性，也只要跟其他小隊會合然後再追趕她們就可以了。

也就是說，現在是故意製造出對己方有利的膠著狀態……

「沒問題了————！繼續瘋狂開火就對啦！」

「了解了————！」

RGB的眾人，笑容就跟發射出去的光彈一樣燦爛。

面對劃過紅色彈道預測線後，宛如下雨般飛過來的光彈……

啪嚓啪嚓。

老大毫不在意地承受下來。雖然HP確實會減少，但就現狀來說那根本不成問題。

接著老大便緩步往旁邊走並且看著雙筒望遠鏡。其視界當中……

「一、二、三——四、五、六！」

發現六個比子彈以及彈道線更鮮豔且巨大的光點。那當然就是開槍所發出的光芒。也就是說，這裡是可以從岩塔之間完全看見敵方小隊的地點。

放下雙筒望遠鏡後，老大臉上就浮現出不能讓小孩子看見的笑容。她對伙伴們下達命令。

「好了！把『獠牙』拿到這裡來吧！」

「交換能源包！」

趴著射擊的其中一名RGB成員，為了尋求伙伴的援護而開口說道。因為狂扣扳機，就連光學槍也「子彈用罄」了。

「了解！」

伙伴如此回答。不論是實彈槍還是光學槍，在子彈用完期間小隊的火力都會減弱，所以向伙伴報告才是所謂的小隊合作。

如果是實彈槍的話就會喊出「裝填！」或者用英文表示「Loading！」，但因為是光學槍，所以這裡使用的是交換。

坐鎮在男人眼前的機槍槍身中央有一顆按鍵，男人隨即按下該處。結果就有一個跟厚重漫畫書差不多大小的四角形箱子迅速往下掉。

這個深灰色且由不知道是金屬還是塑膠的謎樣材質所製成的箱子，正是光學槍的能源包。用光的能源包能夠在店裡面補充能源，所以平常不會把它丟在戰場上，不過SJ裡的話就算丟著不管也無所謂。

大會結束之後，掉落的道具除了損壞的之外都會自動回到自己的倉庫欄當中。當然實彈槍的彈匣也是一樣。

男人把從左腰取出的新能源包從機關槍上方插進去。

順暢地滑入之後，能源包再次鎖上。

同時還發出「咻嗯」這種令人感到愉快的聲音，槍上面的指示器出現小小的數字，告知持槍者能夠發射900發子彈。

只有光學槍才能如此輕鬆地「再次裝填」……

「接下來就是光學槍的時代嘍！」

他就像是坂本龍馬一樣這麼說著，同時再次把槍口對準ＳＨＩＮＣ的方向。

「嘿呀啊啊啊！」

當他隨著熱血的叫聲，以全自動模式開始毫不留情的臥射，下一個瞬間脖子上方的部分就消失，而他也失去了性命。

立即死亡的瞬間，虛擬角色的屍體也會僵住，因此男人的機槍就持續發射著光彈。兩秒鐘後，當無頭屍體癱倒後，機槍的槍口就移往上方，開始在空中散發光芒。

發現旁邊的伙伴開始莫名其妙的射擊後……

「喂喂，你是想把鳥射下來嗎？」

總是會忍不住調侃他一句。趴著以突擊步槍開火的男人，隨即停止射擊把頭轉向旁邊。

「呼嘎啊啊呀啊！」

看見伙伴依然在該處拚命開槍的「無頭屍體」，男人隨即發出悲鳴。

下一個瞬間，飛過來的巨大子彈就把他的突擊步槍打成兩半，同時陷入他的胸口，直接穿透身軀往後方飛去。

「幹掉兩個。很好，繼續加油。」

老大完全不在乎光彈在身體前方爆開，讓HP以百分之零點多的速度逐漸減少，只是以門神般的站姿持續盯著雙筒望遠鏡看。

蘇菲就坐在距離她數公尺的旁邊。這名五短身材的女矮人一旦盤腿而坐，看起來就像是一顆岩石一樣。

而岩石的左肩上還放著一根巨大的鐵管。

全長1公尺以上的鐵管上附加了握柄與槍托，而黑髮的冬馬就把它架在右肩上。

「已經拿出來用了嗎！」

「『捷格加廖夫』來啦！」

酒場裡的槍械迷們——應該說這個遊戲裡幾乎都是槍械迷，這時全都發出歡喜的喝采。

SHINC從上一屆開始使用的必殺凶惡槍——「『PTRD1941反坦克步槍』附屬女校新體操部特別版」登場了。

PTRD1941是SHINC為了在SJ2裡擊破M的盾牌，前去完成困難任務後所獲得的最強之矛。這次當然也把它帶過來了。

口徑是14.5毫米。全長2公尺左右，重量約16公斤，可以說是一把長度與重量讓人難以置信的槍械。直接拿著它移動實在太礙事了。

因此就跟上一屆一樣，蘇菲沒有攜帶ＰＫＭ機槍與子彈，而是把它收納在倉庫欄裡，採取只有使用時才會實體化的運用方法。

但這同時也有蘇菲戰死的話就無法使用的缺點，所以小隊成員對她的保護比老大更加嚴密。

開槍射擊的是小隊裡射擊能力頂尖的黑髮女性——冬馬。

她就是在ＳＪ１當中，以狙擊槍中命中準度不算特別高的德拉古諾夫狙擊槍，第一發子彈就命中６００公尺前方蓮那個小不點的女性。

冬馬依然以蘇菲的肩膀作為槍座，迅速地把下一發巨大的子彈塞進槍裡。接著用力把因為射擊的後座力而退後的粗長槍機往前推，再拉下拉柄鎖定。完成了裝填程序。

冬馬擺出右膝跪地的跪射姿勢，右眼透過瞄準鏡來微調瞄準的目標。

這段期間裡，ＲＧＢ發射的光彈雖然也朝兩人飛來並且命中，但她們不但沒有害怕，臉上甚至還露出了笑容。

酒場裡的觀眾注意到這一點。

「等等，這樣……反而對娘子軍有利！因為只要瞄準發出炫目光芒的光學槍就可以了。」

「啊，原來如此！」

正如這名觀眾所指出的，老大就是採取這種戰法。

光學槍因為施放光彈的特性，從槍口發出的光芒——也就是所謂的「砲口火焰」會顯得特別明亮。

老大所發現的正是能將六道發射光盡收眼底的地點。接下來只要架起ＰＴＲＤ１９４１，就可以盡情地狙擊了。

發射第３發子彈的冬馬，讓酒場裡也響徹她的槍聲。

60公克的金屬塊以音速三倍的速度飛行。撕裂以光彈作為裝飾的空間後，被吸進連續發亮的光點當中。

「別害怕，繼續射擊——」

這就是他最後一句話，接著ＲＧＢ就出現第三名死者。

雖然來自冬馬的彈道預測線延伸到他身上，但是因為他自己也死命用機槍開火，所以似乎沒有注意到。於是又一名參賽者退場了。

不對……

「騙人的吧……？」

其實是兩個人。

把其中一人由左胸到左肩全部轟成碎片的子彈，命中蹲在後面經過的另一個人右側脖子。在閃爍的著彈特效之下，男人的ＨＰ不斷減少。因為脖子裡有頸動脈，所以就算只有1發小小的子彈，命中該處也可能會造成致命傷。

「咦？等……等等——」

他雖然用雙手掩住脖子，但還是無法連接虛擬角色斷裂的頸動脈，判斷角色大量出血的系統就將他變成屍體。

男人像棒子一樣啪噠一聲往後倒，接著傳出嗶咚的聲音並且亮起「Ｄｅａｄ」標籤。

「可惡啊啊啊！」

「同伴還沒來嗎？」

ＲＧＢ殘存下來的兩個人躲在岩塔後方並持續射擊，之後又硬是撐了數十秒……

「呀哼！」

其中一個人因為ＰＴＲＤ１９４１無情的威力，連同躲藏的岩石被轟飛而受到重傷，而且所持的突擊步槍也遭到破壞。

但是他仍未放棄希望。男人果敢地拿起陣亡的伙伴留在地上的槍械並衝了出去……

「哇呀！」

結果被等待已久的安娜以德拉古諾夫狙擊槍擊中腳部，接著是腹部與頭部，然後就從ＳＪ3退場了。

即使如此，最後一個人還是奮戰不懈。

「嘿呀嘿呀嘿呀！女人們！敢過來的話就快點來啊！」

為了不受到狙擊而不停活動，同時死命開著架在腰間的機槍，旋即交換能源包並再次狂扣扳機——

「來嘍。」

一旦讓塔妮亞跑過塔與塔之間縫隙來到附近……

「咦？怎麼會——這麼近？噗咿！」

背部就挨了20發以上的9毫米子彈，變成一具屍體。

時間剛過十二點十三分。

結束之後才發現，戰鬥時間不過短短的三分鐘。

緊接著……

「周圍沒有敵蹤！那麼抱歉了，開始搜屍體。」

塔妮亞轉了一圈警戒完四周之後，立刻把手往男人的身體伸去。

從螢幕上看見銀髮女在剛變成屍體的男人身上摸索……

「喂，那個女的在做什麼？」

觀眾們都嚇了一跳。

「是想奪取光學槍當成自己的武器？嗯，在這場大會結束之前確實可以這麼做啦。」

「ＳＪ２的時候，那些傢伙打倒對手後好像就奪取對方的通訊道具。然後利用它和小蓮通話之類的。這次應該也一樣吧？」

「應該是預測也有傢伙會想從屍體上奪取道具，所以用手榴彈設置了詭雷吧？一拿起來就會爆炸！」

「不會是盡情觸摸男性身體的色狼行為吧……就算現實世界裡再沒行情也……」

雖然出現數種預測，但是轉播影像立刻就證明他們全部猜錯了。

塔妮亞的手離開男人的身體，接著立刻往頭上發射一發黃色信號彈。

「啊！」

剛才在酒場的其他地方聽見紅色貝雷帽男發表演說的一名觀眾，因為發現她的意圖而潑出手中酒杯的酒並且放聲大叫。

「怎麼了？到底怎麼回事？」

「應該說，那個信號彈到底是什麼啊？」

其他觀眾當然都對他丟出這樣的疑問。

男人聽見提問後，就簡短地說明自己剛才得知的信號彈作用。他表示那是弱小隊伍聯合起來對抗強隊的集合訊號。而黃色就是ＳＨＩＮＣ的顏色。

「啊！是這麼回事嗎！」

「原來如此！真是聰明……」

這些觀眾真不愧是花了大量時間在ＧＧＯ上的玩家。

他們立刻就能理解塔妮亞從屍體身上奪取信號彈並且發射的原因。

「太棒了！還剩下很多呢！」

透過通訊道具聽見塔妮亞高興的聲音，躲在岩塔背後的老大也露出了奸笑。臉龐充滿肅殺之氣的老大，笑容也相當恐怖。

老大身後，扛著ＰＴＲＤ１９４１的蘇菲等四名伙伴一直以銳利的目光警戒著周圍。眼神看起來就像想趕快解決接下來的獵物。

「好，三十秒後在東邊５００公尺左右的位置發射另一發信號彈。」

「三十秒後！東邊５００公尺！了解！」

老大的聲音是對塔妮亞下達命令，但光是這樣，其他四名伙伴就了解她的作戰了。

明明沒有命令，她們卻各自拿起武器開始往東邊前進。

之後——

ＳＨＩＮＣ就不斷把迫近的敵人小隊全數殲滅。

因為她們發射奪取的信號彈後，就伏擊「很好，和在那邊的小隊會合一起攻擊ＳＨＩＮＣ！」而跑過來的小隊。

不知道信號彈被奪，認為能跟同志會合而來到現場的小隊……

發現那裡只有身為敵人的塔妮亞而大吃一驚……

「咦？為什麼？」

「快追！幹掉她！」

接著從後面追趕立刻逃走的女性……

「嗚呀！」

然後就被伏擊的其他四個人以可以說是瞬殺的速度輕鬆打成蜂窩。

之後十二點二十分與三十分的掃描，ＳＨＩＮＣ都只有把老大一個人配置在數百公尺外的位置。

剩下的五個人果然還是發射信號彈然後布下天羅地網，對傻呼呼來到現場的小隊發動奇襲，然後獲得壓倒性的勝利。

這些被ＳＨＩＮＣ屠殺的敵人隊伍，根本沒有任何一支小隊能夠和同志會合。

而在全滅小隊的當中，有一名同樣參加了ＳＪ２，而且還享受著實況遊戲轉播的玩家存在。

伙伴們全部戰死，最後存活下來的他雖然全身中彈……

「右手先被擊中！現在又換左手！哎呀，Now是腳部！我立刻跌倒！麻痺令人Shock！子彈是那麼Big！」

其中有一幕是由於他像這樣以古怪的饒舌口氣放聲大吼，ＳＨＩＮＣ的眾人便因為受到吸引而停止射擊。

愛槍８９式5.58毫米步槍從手上被奪走，ＨＰ也僅剩下一點點。只剩下死亡這種結局的他仰躺在地上……

「噢，是之前那個實況轉播的玩家嗎？我們拿上屆的影像來研究，已經一起看過了。」

「現在也在錄影嗎？希望之後收看時，我們已經獲得優勝了。」

在冬馬與安娜兩名美女狙擊手低頭注視之下……

「謝謝收看！這次也請多多指教！」

男人爽朗地向她們道謝。

這時確認其他成員是否已經死亡的塔妮亞靠了過來，以Strizh手槍對準男人的臉……

「很遺憾，你勇敢的戰鬥只能到此為止。同樣身為戰士，就由我來送你最後一程吧，那麼最後還有什麼話要說嗎？」

「有的！」

於是他便向三名女性，以及觀看實況轉播的所有人發出來自內心的嘶吼。

「只要一次就好！在死之前，哪個人請讓我摸一下胸部吧！」

滋咚磅咚喀咚磅砰。

結果這些強大的女人們露出害羞表情，紅著臉死命開槍的影像，之後賺到了相當多的點擊數，不過那也是ＳＪ３結束之後的事情了。

SECT.9

第九章　至今為止的MMTM與ZEMAL

小隊「memento mori」——簡稱ＭＭＴＭ是從戰場東北方森林開始ＳＪ３。

島嶼東側與東北側是被平坦的森林覆蓋。

樹木大多是枝葉茂盛的闊葉樹，同時長了許多到人類腰部左右的雜草，算是視界不佳的地點。

糟糕的地方僅僅只能看到３公尺，最多也只能看見30公尺左右的前方。這讓人聯想到上屆的叢林地形。

雖然基本上算是平坦，但還是有許多凹凸不平的地面。再加上傾倒的樹木與雜草茂盛處，可以說是非常難以行走的戰場。

天空幾乎被茂盛的枝葉遮住，四周圍是一片陰暗。這裡應該是展現「蒼鬱」這個形容詞的最佳地點了。

北側與東側雖然明亮，但森林中斷處立刻就是海洋。而且海洋的水位還不斷上升。

ＭＭＴＭ的隊長在確認過狀況之後……

「原來如此，是這樣啊。」

隨即眺望著逐漸靠近的海，露出了奸笑。

「真有趣！夥計們，要上嘍，讓我們好好地利用這一點吧！」

十二點十分。

由於沒有戰鬥，所以轉播畫面上完全沒有出現ＭＭＴＭ的行動。酒場裡的觀眾壓根不清楚他們在最初的十分鐘裡做了些什麼。

接著開始第一次衛星掃描，其結果也顯示在酒場的眾人眼前。

「ＭＭＴＭ在右上嗎？」

再次確認強隊散布在四個角落的觀眾……

「那麼，他們會採取什麼行動呢？」

開始期待並且等待著他們的戰鬥。

表示在地圖上的是島嶼東北方邊緣的ＭＭＴＭ，其周圍間隔１到２公里處則有複數的其他小隊。

現在轉播畫面切換成某一支小隊了。由於是在黑暗的森林當中，所以絕對是靠近ＭＭＴＭ的小隊。

森林中，六名男人隱身在茂盛的草叢裡，一邊蹲低身子一邊警戒著周圍。

六個人全都穿著黑色與深灰色組合而成的迷彩服。頭上戴著黑色毛帽。臉上則戴有看不見眼睛的護目鏡，同時還以灰色顏料將臉部畫成骷髏頭。

耳朵上戴著附有麥克風臂的軍用耳機。這在現實世界裡是利用無線電來通訊的裝置，在GGO這個具備助聽器般小型通訊道具的遊戲裡，應該只是拿來營造氣氛的道具吧。

他們連使用的槍械都統一成「HK416D」5.56毫米突擊步槍。

HK416系列也可以說是黑克勒&科赫公司製的M16，在這種類型的槍械當中基本性能算相當高，即使在GGO內也是極為昂貴的突擊步槍之一。槍身長度有許多種版本，不過他們選擇的是為了容易操控而改短的10吋版本。

六個人全身上下的裝備全都相同，而且很湊巧的是虛擬角色也都是不胖不瘦的普通體格，所以根本分辨不出誰是誰。

而且也不像T—S的眾人那樣標上編號，看起來就跟六胞胎沒兩樣。如果有哪個地方能各自用上不同的顏色，分辨起來就簡單多了。

當然，他們是刻意如此打扮。

目的是藉由相同的外表在戰鬥中欺騙敵人的眼睛。只不過相像到這種地步的話，總是會讓人忍不住擔心他們自己是不是能夠分辨出彼此。

現在確認過掃描器並將其收進口袋的男人，從裝備背心的口袋取出信號彈，仔細確認過顏色後就往正上方發射。

藍色光芒準備飛上天空——

結果失敗了。

咦？

藍色信號彈掉落到雖然因為骸骨面具而看不清楚表情，但應該是感到疑惑的男人身邊，然後持續在六個男人旁邊發出藍光。

「喂，那些傢伙在做什麼啊？」

「我怎麼知道。」

酒場裡的觀眾傳出這樣的聲音。

雖然談好以信號彈作為合作的訊號，但是在這座森林裡根本沒辦法順利發射。

就算有辦法發射出去，從底下也幾乎看不見亮光。

必須經過一段時間，觀眾們才能知道這件事……

「可惡！根本不能用！」

但是對於戰場中這幾名骷髏面具男來說，這是當下面臨的問題。而且是很嚴重的問題。

他們的隊伍（中隊）名是──「微笑不間斷」。

雖然不清楚到底是誰取了這種民謠團體般的名字，也不知道為什麼要畫上像是在打臉小隊名的恐怖骷髏面具──

不過可以確定的是他們很享受ＧＧＯ這款遊戲。

在ＳＪ內的簡稱是「ＨＴＳ」。本屆是首次參賽。

他們是生存遊戲的玩家。

使用不受槍砲彈藥刀械管理條例規範的低壓氣體、軟氣槍，中彈採自行申告制的槍戰遊戲就是Survival Game。也就是所謂的生存遊戲。

這種從美國發源的遊戲是由以漆彈互相射擊開始，日本人再將其變化為使用軟氣槍，最後更擴展到全世界。英文還有另一個名稱是「Airsoft War」。

在二〇二六年的現在，日本以及全世界各地已經製造出相當多的軟氣槍。

真實的槍械公司一發表新型槍械，就會販賣其官方版軟氣槍也不是什麼稀奇的事了。

由於學習槍械的操作時比實彈槍更安全，而且也能作為近距離的戰鬥訓練，所以自衛隊以及世界各國的軍隊都將其列為正式的訓練用品。

至於生存遊戲的地位，是不是會被ＧＧＯ這種完全潛行的虛擬實境遊戲所取代──結論是並沒有發生這種現象。

首先，現在依然有許多懼怕完全潛行ＶＲ遊戲的人。

不用說也知道，造成將近四千人死亡的「Sword Art Online刀劍神域事件」就是最大的原因。

另外，就算不排斥完全潛行ＶＲ遊戲，還是有許多人喜歡以自己活生生的肉體，使用雖然是軟氣槍但還是真實存在的槍械來實際進行遊戲。

當然，這不是什麼好壞的問題。也有許多兩邊都喜歡而且樂在其中的槍械迷。有人因為生存遊戲而開始玩ＧＧＯ，也有人因為玩了ＧＧＯ而迷上生存遊戲。

ＨＴＳ的眾人正是現實與虛擬都能樂在其中的玩家。

他們的原點是生存遊戲，已經玩了一年以上了。

六個人是在五個月前開始一起玩ＧＧＯ。

雖然遊戲資歷尚淺，但靠著多年玩生存遊戲所培養出的小隊能力瘋狂地狩獵怪物，同時也經常挑戰對人戰，一路讓角色快速地成長上來。

目前在深邃的黑暗森林當中……

「怎麼辦？ＭＭＴＭ就在附近喲。」

「還能怎麼辦……這下子信號彈根本不能用。」

ＨＴＳ的眾人蠕動著骷髏面具來進行交談。

就剛才所看的首次掃描，ＭＭＴＭ是在距離這裡９００公尺的東邊，也就是海洋與森林的交界處。

而距離那裡最近的無疑就是自己的小隊了。周圍３公里以內共有４支小隊。

如果能順利使用信號彈，只要一邊警戒ＭＭＴＭ的進擊一邊在此等待，就會有許多同志聚集過來了……

「啊啊真是的，估算錯誤！放棄信號彈作戰吧！」

「知道了。這也沒辦法。」

「那接下來該怎麼做？」

「那還用說嗎！」

目前五個人視線確實是集中在小隊長身上，不過一旦有所行動的話又會分辨不出身分了吧。而隊長這個時候……

「我原本就不喜歡這種軟弱的作戰了！我們就搶在其他人之前去跟他們對戰吧！」

做出了聽起來相當自暴自棄的作戰。至於伙伴們……

「好耶！我們上吧！」

「夠資格當我們的對手！」

「就算輸了，只要能給強隊一點傷害，我們也就出名了吧！」

「好吧！轟轟烈烈地打一架！」

「沒有異議！」

也很乾脆地做出決定。

就這樣，六名生存遊戲玩家——不對，是GGO玩家開始在森林裡跑了起來。

這裡是視界惡劣、雜草茂密，腳下土地極為凹凸不平的森林當中。

雖然HTS的眾人拚命把腳力發揮到極限，但還是花了五分鐘左右才移動800公尺，途中還跌倒了好幾次。

因為是很可能發生突發戰鬥的移動，所以酒場內的螢幕一直轉播著他們的模樣。

他們互相間隔5公尺的距離，保持HK416D架在腰間的姿勢往前進。他們擺出了宛如箭尖一般的倒V字陣形。

採取先鋒在最前面，左右兩邊各兩個人，中央後方一個人的配置。

由於信號彈的消息已經傳開，觀眾們便對他們的行動做出這樣的評價。

「原來如此，是打算跟MMTM單挑嗎？」

「一口氣衝進去展開混戰嗎？我不討厭這種有全滅覺悟的衝鋒。」

「嗯。如果剛好幸運地幹掉一名MMTM的成員，那也算是了不起了。」

觀眾也是GGO的玩家，所以能夠理解他們的作戰。

也就是對MMTM發動總攻擊。由於是在視界不佳的森林裡，順利的話說不定能進行近距離戰鬥。能變成混戰的話就更好了。

那麼，強隊MMTM要如何應付這樣的作戰呢？

在觀眾們吞著大口口水——不對，是邊喝酒邊注視戰況之下……

磅咚。

一聲爆破聲讓戰鬥就此開始。

HTS前頭的一名成員遭到一擊斃命。

全力奔馳中的他眼前發生爆炸，把他的身體炸成無數多邊形碎片，成了名符其實的屍骨無存狀態。他在爆炸前一刻注意到發生什麼事，雖然把HK416D的槍口移過去，但看來還是來不及。

「30公尺前方！槍榴彈！」

箭尖陣形右側的男人停下腳步，一邊大叫一邊開始扣扳機。雖然是每扣一下扳機才會射出一發子彈的半自動射擊，但卻是間隔相當短的連射。

他已經看見射擊伙伴的敵人了。森林的前方，一名身穿瑞典軍迷彩服的男人正躲藏在粗大的樹木後面。

因為看過上一屆的影像，所以知道ＭＭＴＭ的服裝以及武裝。

ＭＭＴＭ的成員裡，角色相當英俊瀟灑的隊長，他的武器就是澳洲斯泰爾公司製的突擊步槍「ＳＴＭ—５５６」。槍身下方附加了單發式槍榴彈發射器。

伙伴雖然倒楣地被他發射的槍榴彈直接命中而戰死，但也因此而得知他的所在位置。距離相當近。因為是在視界不良的森林當中，所以到這種距離都沒有開火。

還不知道ＭＭＴＭ的其他成員身在何處。雖然不知道——

「只有一個也沒關係！幹掉他！」

「喔！」

ＨＴＳ的五個人持續著突擊行動。以半自動模式瘋狂開火往前猛衝。

開著槍的突擊是為了盡量給對方壓力。

在閃爍的彈道預測線當中，很少有人能夠冷靜地裝填槍榴彈或者是以步槍射擊。

他們在生存遊戲裡充分學習到，不論是拳擊還是槍戰，都是由「攻擊次數較多」的一方來支配戰局。

「壓制他！」

五名男人朝著剛才MMTM的隊長所在之處迫進……

「哦！不會就這樣成功了吧？」

其中一名觀眾這麼說完的下一個瞬間。

畫面當中就有「綠色塊狀物」隆起，然後直接從眾骷髏面具男的背後撞了上去。

看起來彷彿是森林襲擊了這群男人。

就像蒼鬱森林的雜草跳起來咬向人類一樣。

實際上當然不是這樣。

這些綠色塊狀物是人類。人類穿上了吉利服——也就是在身體上纏著綠色細布與繩子來作為偽裝的衣服。

而且男人們還砍下大量生長在附近的草，以看起來像自然生長的角度插在自己身體上。

最後就變成即使在近距離之下看起來也像是森林一部分的幾名綠色壯男。

由於看不見前面的話也很困擾，所以臉前方沒有插上雜草，不過連皮膚都塗上了綠色的顏料。

「哇噗！」

遭到身體衝撞的男人們，因為意料之外的攻擊而大吃一驚，直接往前或者是往側面翻倒。綠色塊狀物往因為跌倒而停止射擊的男人們撲去……唰。

雙手所持的黑刃一閃而過，毫不容情地用力往喉嚨以及胸口等地方刺下。

「咳嗚！」

「咕咿！」

「呀啊！」

他們一個接一個被刺中，接著失去ＨＰ而變成屍體。

「咦？咦？」

幸運沒有遭到襲擊的男人，這時因為突然變安靜的森林而感到慌張不已，在ＨＫ４１６Ｄ的槍口不停左右移動之下——

啪滋！

額頭遭到瞄準的子彈擊中而搭上了通往地獄的特快車。

在距離20公尺外的位置處，以ＳＴＭ—５５６開火的ＭＭＴＭ隊長……

「直接幹掉吧。」

對著同伴們做出了指示。

ＨＴＳ的其中一個人，這時候才終於意識到撲到自己身上的綠色塊狀物是敵人，也就是「人類」所扮成。

「咦？暫……暫停一下——」

雖然說出了這種話……

「…………」

但是臉上塗著鮮豔顏料的男人，還是把舉起的戰鬥小刀刀尖朝著他的護目鏡刺下。

輕鬆撕裂護目鏡鏡片的小刀，立刻貫穿虛擬角色的眼睛到達其腦部。

生存遊戲裡絕對不可能出現這種對肉體的直接攻擊。

「哎呀，這真的沒辦……」

自己實在無法應付這樣的攻擊。

男人就這樣帶著深切的體認從ＳＪ３裡退場。

二十秒後，ＭＭＴＭ的隊長……

「報告。」

架起ＳＴＭ—５５６來警戒著周圍，同時對伙伴們做出指示。

依序得到五個人解決敵人的報告之後……

「很好。開始接下來的作戰。」

隊長就以平淡的口氣這麼回答。

由隊長自己一個人當誘餌，讓其他隊伍在掃描時看見他的位置。

這時故意讓迫近的海洋在自己身後附近，確保不會從背後遭到攻擊。

然後用吉利服以及雜草做出完美偽裝的五個人再伏擊來到現場的敵方隊伍。他們就像融入森林裡一樣躲藏起來，靜靜等待敵人小隊通過眼前。

接著依照各自的判斷襲擊附近的敵人。為了不發出聲響而盡可能不使用槍械，以身體衝撞或者格鬥制伏對方，再以戰鬥小刀給予最後一擊。

ＭＭＴＭ就持續以這種宛如蜘蛛般的伏擊作戰屠殺大量敵方小隊。

和同一時間裡張揚地發射信號彈把敵人吸引過來再打成蜂窩的ＳＨＩＮＣ可以說是完全相

反的寧靜殺戮。

十二點二十分以及三十分的掃描之後，森林裡的屍體依然不斷地增加。

各小隊就在無法會合的情況下進入森林當中——

然後再也沒有走出來。

簡直就像是童話故事裡經常會出現的「受到詛咒的森林」。

ＭＭＴＭ就在除了隊長之外沒人開過槍的情況下靜靜地累積戰果，而畫面也平靜地轉播出這種情況……

「這些傢伙果然很恐怖……」

觀眾嘴裡便說出這樣的感想。

＊　＊　＊

時間稍微往回拉到十二點十八分——

地圖北部的都市區正中央，出現了一支發出驚人噪音來戰鬥的隊伍。

咚喀咚喀咚喀咚喀咚喀咚喀咚喀咚喀咚喀！

「唔喔喔喔喔喔喔喔喔喔喔喔喔喔喔喔喔喔喔喔喔喔喔！」

毫不留情的連射，以及不輸給槍聲的熱血吼叫。

光是這樣就能知道他們是誰了。沒錯，正是簡稱ZEMAL的「全日本機關槍愛好者」。

這支小隊在SJ1裡對蓮發射無情的子彈雨，讓她陷入苦戰，在SJ2當中雖然英勇善戰，還是因為受到城牆上的攻擊而失敗。

五個男人。所有人的武裝都是機關槍，可以說是一群充滿男子氣概的傢伙。

ZEMAL的眾人，今天也是死命地開火。

而且還是在路中間。

「那是什麼東西啊！」

也難怪酒場裡的觀眾會這麼大叫。

轉播影像裡映照出完全無法想像的東西。

用一句話來形容那個東西的話——

應該就是「購物推車製成的機槍座」吧。

那是在美國經常能看見的，似乎可以放進沙發，或者連大人都可以坐進去的巨大購物推車。

銀色的推車顏色已經變得暗沉而且到處都生鏽了。

而把手附近，一般來說是讓小孩子坐在上面的位置則設置了「M240B」7.62毫米機關槍。

全長120公分，重量12公斤的大型機槍就用粗大的鋼絲牢牢地綁在上面。

垂在機槍左側的彈藥鏈直接連接到推車裡面的背包。也就是不用更換彈鏈就能不斷發射背包中數百發子彈的構造。

更詭異的是豎立在推車邊緣的一大串金屬管。

那應該是水管吧？總之十支直徑3公分左右的金屬管被束成一根粗大的筒子，然後又有好幾根這樣的筒子圍住推車的籃子。簡直就像管風琴一樣。

就這樣，以推車為地基，以金屬筒為盾牌的移動式機槍座完成了。

咚喀咚喀咚喀咚喀！咚喀咚喀咚喀咚喀咚喀咚喀！

目前ZEMAL的男人是在美國風的街道上豪爽地開火。雙線道的馬路對面可以看見隱藏身影的敵人小隊。

面對在路中央瘋狂開火的ZEMAL，敵方小隊根本無法探出頭來。不論是不是偶然，只要被毫不間斷的子彈打中頭部就會立刻死亡。

由於每次射擊推車都會因會後座力而晃動，所以子彈飛過來的角度相當凌亂，但這樣反而容易造成一發子彈偶然奪命的情況，所以也更加令人害怕。

即使如此，還是有一個男人勇敢地從大樓後面較低的位置，在左側靠著牆壁的情況下探出槍械與臉龐。那是一名穿著牛仔褲、T恤以及皮夾克，看起來像民兵的男人。

他以AK74突擊步槍的半自動射擊，對短短100公尺外的推車連續發射3發子彈。

鏘鏘鏘。

子彈擊中鐵管綁成的圓筒並且被彈開。

接著推車的頭部與機槍口就對準射擊襲來的方向。

「糟糕！」

子彈形成的颱風狂暴地削掉一瞬間前他所待之處的水泥。由於槍擊完全沒有止歇，所以男人也無法再次探頭。

「不行了！只能先撤退，然後繞到他們後面。」

皮衣男對同伴們這麼宣告。

目前小隊的六個人是待在小型四層樓高的住商大樓後面。

可以爬上這棟大樓的話就可以從上面發動攻擊，但很遺憾的是這邊周圍的建築物全都是天花板崩塌的半毀狀態，所以根本無法進到裡面去。

「好！全力衝回上一個街區，然後繞到後面。就算是推車也不可能追上來吧。」

「ＯＫ！」

男人們開始跑動。離開機槍推車瘋狂射擊的大路，朝向隔壁一條平行的街道前進。

跑了50公尺左右後通過大樓旁邊，快要接近轉角。不過還是沒有魯莽地衝出去。當他們小心翼翼的想窺探前方而放慢腳步的瞬間……

「發現了啊啊啊啊啊！」

「找到了——！」

正好從那個轉角衝出兩台推車。然後推車上也各自載著機關槍。

雙方距離只有不到10公尺這種不幸的遭遇……

咚喀咚喀咚喀咚喀咚喀咚喀咚喀咚喀咚喀咚喀！

結果是由火力占優勢的一方獲勝。

雖然僅有兩把，但這就是機槍的潛力。

「Ｍ60Ｅ3」與「ＦＮ·ＭＡＧ」的槍口發光，強力的7.62毫米彈就如細雨般降落到可憐的六個人身上。

六個人當然也盡可能做出反擊。雖然嚇了一大跳，還是以愛槍死命射擊。

但是發射出去的子彈全都被包圍推車的鐵管防盾給彈開了。

在六個人變成蜂窩全滅之前，機關槍就這樣持續地噴著火。

全日本機關槍愛好者的五個人，在第三屆Squad Jam開始時是在城市裡面。

亦即島嶼的北側，幾乎是中央附近。從海洋往南大約1公里左右的地方。

周圍能看見的是碎裂的水泥道路、破爛的建築物、翻倒的車輛、傾斜的電線杆以及暗紅色天空。

「哦哦，這次是市街戰嗎！」

在強風中興奮大吼的是五人當中最為高大的男人。他手上的機槍是美軍採用的M240B。

他的名字是休伊。

整個往後梳的褐髮與雞冠般往上翹的瀏海是這個好漢子的特徵。雖然不像M那麼誇張，但他也是胸膛厚實的肌肉男。

身上的服裝，下半身是戰鬥褲——也就是長褲。

上半身是在T恤上加了一件綠色羊毛夾克。沒有裝備腰帶或者腰包，只揹著一個大大的背包。

這次他們統一了服裝。

難得有這個機會一起組隊，而且也有點知名度了，所以想試著展現出小隊的特色，於是做出「把錢用在機槍之外的事情上」這種英明的決定。

因此……

「風好強！對機槍有利！」

高興地這麼大叫的伙伴也穿著相同的服裝，揹著同樣的背包。

他的名字是彼得。

五個人當中身材最矮，略顯寬廣的額頭後面留著短短的凌亂黑髮。特徵是總是橫向貼在鼻頭的膠帶。

武器是以色列製的5.56毫米「內蓋夫輕機槍」。

「喔喔，機關槍之神啊！」

正在進行詭異祈禱的是頭部整個覆蓋在頭巾底下的男人。當然也有一副經過鍛鍊的強壯身軀。

武器是FN．MAG機槍的他名字叫作TomTom。其實本來想取最簡單的「Tom」，但已經有許多人都用這個名字，所以男人只能把名字重疊起來。

「風朝著我們吹過來了！」

「等等，不能朝我們吹吧？應該要從背後吹過來才對吧？」

剩下來的兩個人交換著這樣的對話。

搞錯風向的是ＧＧＯ裡相當常見的強壯黑人虛擬角色，把頭部左右兩側的頭髮整齊地往上推。

男人的名字是麥克斯。使用的是最為知名的5.56毫米機關槍「Minimi」。Minimi有許多種類，他使用的是被稱為ＭＫ—Ⅱ的類型。固定式且較長的槍托為其特徵。

吐嘈麥克斯的最後一個人是一頭黑髮留到衣領，額頭上纏著髮帶的男人。使用的機槍是7.62毫米口徑的「Ｍ６０Ｅ３」。

他的名字是Sinohara。因為覺得想虛擬角色的名字很麻煩，所以直接用了原本的姓氏。當然和篠原(Sinohara)美優沒有任何血緣關係。

ＳＪ３開始之後，穿著同樣服裝的ＺＭＡＬ五名成員就左顧右盼地眺望著周圍。接著確認地圖，了解包含這個都市區在內的戰場是一座島嶼。

然後就開始考慮起接下去該如何戰鬥。

這支小隊的隊長應該算是使用Ｍ２４０Ｂ的休伊。

不過這只是為了參加ＳＪ才決定出來的地位，所以幾個人之間算是平起平坐，沒有什麼嚴格的上下關係。

ＳＪ２時，他們是待在視野良好的丘陵地伏擊敵人，也藉此獲得相當不錯的戰果。

這次也躲進一樣能從上方發動攻擊的建築物屋頂，還是開始移動避開死角多戰鬥距離又短的都市區，雖然像這樣提出了許多點子……

「喂，這裡會不會有交通工具啊？」

由於Sinohara這麼表示，於是他們便先找了一遍。

如果有一台車的話，所有人就可以坐上去然後在高速移動下往四面八方射擊。這在具備道路的市街區是相當有效的作戰。

但是，雖然花了五分鐘左右到處尋找，還是無法發現交通工具。城市裡能找到的車都已經老朽到無法使用了。

在這樣的情形中，綁著頭巾的TomTom指著路旁的一棟建築物說：

「就算找不到車子，裡面應該會有能派上用場的東西吧？」

雖然整座城市已經是破爛不堪的廢墟，但是這邊附近還有一些狀態保存得不錯的建築物。

那是附設了廣大停車場的巨大平房建築，雖然知道是店家，但因為看板已經全部掉落，所以不清楚是什麼商店。

「嗯，這種時候就直接進去看看吧。」

「就這麼辦。」

男人們……

「午安！我們是全日本機關槍愛好者！」

隨著機槍一起進入店內。

該處是ＤＩＹ商店——以日文來說就是五金零售店。也就是販賣許多材料、工具以及其他各種東西的商店。

由於規模比日本大了許多，所以裡面商品的項目相當齊全。只要願意並且有技術，光是在這裡買東西就可以蓋出一間房子。

由於屋頂到處都是破洞，所以店內相當明亮，裡面的木材當然全部都已經腐朽，大部分電動工具等物品也已經故障。

但是——

「這應該還有用吧？」

虛擬角色是黑人的麥克斯推過來的是輪子還能滾動的購物推車。

閃耀～

男人們的眼睛發出了妖異的光芒。

店裡面躺著許多推車。

其中有的已不堪使用，但數量原本就相當龐大，所以立刻就找到五台還能推動的推車。

另外也有許多鋼絲、扳手、牛皮膠布（黏著力強大的膠帶）。同時還有數不盡的鐵管，至於用來鋸鐵管的鋸子雖然已經快生鏽，但總算是存在。

男人們的工作時間就這樣開始了。

把機槍在推車上擺放好，然後用粗大的鋼絲仔細固定。

將長度適中的鐵管綁成一束，再以牛皮膠布捲起來製成盾牌，然後就只要把這些盾牌安裝到推車周圍——

「哇哈哈哈哈哈哈哈！這太威啦！」

如暴風般掃過街道的五台武裝購物推車就這麼出現了。

連結的彈鏈毫不容情地持續噴火，鐵管盾牌則是輕鬆地彈開對方的槍擊，加上車輪還能保持機動力。

那簡直就跟「武裝改裝車」（註：民間將槍砲設置在貨卡車台上所製成的即席戰鬥車輛）沒有兩

樣。只不過用的是人力。引擎就是雙腳。

稍微花點工夫就變得極為強大的ＺＥＭＡＬ五人組——

隨即盡情在城市裡肆虐。他們不斷打倒在街上遇見的敵人。

雖然也有發射信號彈試著招攬他們共同戰鬥的小隊，但很可惜的是，紅色貝雷帽男沒有把情報告訴他們。

「那個信號彈是怎麼回事？」

「誰知道。所以繼續射擊。」

以「由過去轉生來到這裡」這種腦補設定來享受ＧＧＯ的歷史愛好者兼角色扮演小隊——ＮＳＳ的眾人……

「可惡！在我活著的時代沒有人用那樣的戰法！」

「真是太巧了，我也一樣！可惡的蘇聯！竟然製造出那種東西！」

「是納粹德國的新型戰車嗎！得快點把情報傳回倫敦才行……」

「那就是美軍的新武器嗎！可惡，我國如果也有那種武器的話！」

就這樣說著符合己身時代背景的台詞並從ＳＪ３裡退場。

特別規則發動之前，ＺＥＭＡＬ最後打倒的是ＫＫＨＣ的隊長。

他雖然隱身在都市區外圍的大型垃圾箱當中，但在十二點四十分的掃描時位置就被發現……

「嘿，等一下等一下！」

然後就有了被男人們推著的五台購物推車追逐並且被射死，這種現實世界以及ＧＧＯ裡都不太可能出現的經驗。

於是乎，ＳＨＩＮＣ、ＭＭＴＭ、ＺＥＭＡＬ就在成員全部存活的狀態下，迎接發表與發動特別規則的時間——十二點五十一分。

SECT.10

第十章　Betrayers' Choice

「發表並且發動特別規則。

本通知的最後，主辦方將由殘存小隊內各自指定一名成員。

被指名的成員，接收器裡將出現訊息。

這次的指名並非隨機決定，而是觀看轉播的營運方與贊助者考慮到遊戲平衡度後做出的選擇。

被指名到的成員，勝利條件將有所變更。

被指名到的成員，將成為『背叛者』脫離原來的小隊。然後加入由被指名的成員所組成的新隊伍，之後與其他小隊戰鬥。

現在開始，所有人的武器將暫時封鎖一段時間。為了讓背叛者小隊會合，大會將會派遣迎接的移動物體。搭乘該物體的話，就能移動到『UNKNOWN』區域。

那麼，盡情互相殘殺吧。過去的同伴，現在是敵人了。」

十二點五十二分。

存活到現在的所有玩家，都已經看過自己手上的衛星掃描接收器所顯現的文字。

而被指定為「背叛者」的玩家也看見了訊息。

SHINC的老大，看見浮現在自己接收器上「恭喜，你就是背叛者。」的文字之後……

「……可惡！」

就直率地吐露出內心的想法，同時展示畫面給所有同伴看。

「哇！是老大嗎！」

銀髮的塔妮亞抱住自己的頭……

「怎麼這樣……」「不會吧……」「啊啊……」「唔……」

剩下來的四個人，冬馬、安娜、蘇菲、羅莎同時發出怨嘆聲。

其中最為氣憤的是女矮人蘇菲。

現實世界是新體操社副社長藤澤加奈所操縱的，這支小隊的第二號人物……

「什麼狗屁規則！直接無視就可以了！到底是誰想出來的啊！」

虛擬角色的臉龐像惡鬼般扭曲，看來她是真的很生氣。想出這條規則的正是作為贊助者的那個作家。

「真想痛宰他！」

太恐怖了。

但是老大卻擺出不動如山的姿勢……

「這是遊戲，然後規則就是規則。」

然後沉著地這麼回應。

「我當然也無法接受，但既然是『遊戲』，如果是『捷徑』也就算了，我不想做出明顯的『作弊』行為。如果我這時候作弊的話，會被所有觀眾知道，然後臭名萬世。」

「…………」

了解老大直性子個性的蘇菲，這時候表情稍微和緩並安靜了下來。

「也是啦！不論誰被選中都會覺得火大吧！」

「嗯，塔妮亞說得沒錯。我被選中反而是一種僥倖。那就來好好享受與各位的對戰吧！」

「呀呼！老大真有男子氣概！」

在拚命炒熱氣氛的塔妮亞旁邊……

「但是老大妳……」

金髮的安娜以擔心的語氣對老大搭話。

「明明那麼想跟香蓮小姐——不對，是那麼想跟蓮對戰……」

「確實是這樣沒錯，但是在背叛士兵小隊也可以跟蓮他們戰鬥吧。當然也要蓮沒被選上就是了。」

「是這樣沒錯……」

「別抱怨了！挺起胸膛來！我也想跟妳們戰鬥一次看看！試著打倒我吧！我也會全力以赴！」

老大的鼓舞擊打著五個人的耳朵，讓她們露出凶狠的目光。

接著荒野間便聽見「嗡嗡」的昆蟲振翅聲。

從空中傳來的聲音立刻變大──

「迎接的使者」來到了六個人身邊。

酒場的轉播畫面當然也播放出這架飛行器的登場……

「嗚喔！是『Flying Platform』！」

喜歡機械的觀眾發出了尖叫聲。

那是在厚數十公分，直徑2公尺左右的圓形軀殼上加了四根著地用的管子，然後中央上部為了讓一名人類搭乘而設置了柵欄的古怪機械。

其飛空的原理與直升機相同。

圓形軀殼裡內藏了兩具汽油引擎，以及朝左右相反方向旋轉的兩個螺旋槳。引擎讓螺旋槳高速旋轉，然後往下方吹風。兩具螺旋槳抵消了將軀殼往相反方向旋轉的反作用力。

這就是Flying Platform。簡直就像是——「飛天講台」。

它是美軍在一九五〇年代認真進行開發的飛行機械。實際製作之後，雖然能夠飛行，卻因為馬力不足而遲遲無法實用化，最後就悄悄地消失在時代的洪流中。

由於人類一直都需要輕鬆讓個人飛行的機械，所以無人機技術相當發達的現在，就有將來可能會復活的傳聞。

Flying Platform在現實世界雖然派不上用場，但在虛擬科幻世界的ＧＧＯ裡似乎能夠流暢地飛行，在許多螢幕當中，它們正飛到各個小隊旁邊，然後為了搭載身為「背叛者」的主人而降落到地上。

蒼鬱的森林當中……

「這是什麼規則！而且竟然是我！」

ＭＭＴＭ的隊長，塗滿綠色迷彩的臉龐上那雙眼睛瞪得老大，讓眼白的部分變得特別顯眼。

他把顯示自己被選上的畫面拿給同伴們看……

「哎呀……」「…………」「可惡。」「怎麼可能。」「啊……」

身體因為偽裝而到處隆起的五個人當然也報以驚訝與怨嘆的反應。

繼白眼之後，隊長露出了雪白的牙齒。緊緊咬住的牙齒，似乎再用一點力就要斷裂了。

只見他的肩膀不停地顫抖。原因當然不是寒冷，而是因為過於氣憤。

以小隊的優勝為目標一路努力到這種地步了，才要自己與伙伴分開並且與他們戰鬥，這樣的規則實在太惡劣了。

「別開玩笑了！」

他突然這麼大叫，接著丟下掃描器，把手往右側腹也就是手槍的位置伸去。一拔出與步槍同樣是斯泰爾公司製的「M9－A1」9毫米口徑自動手槍，就直接朝自己的太陽穴按去。

「嗟啊！等等！」

身邊六個人當中體格最健壯的薩門隨即壓住他的手臂。這個時候薩門的愛槍，FN公司製「SCAR－L」突擊步槍因為被拋出而掉落到森林的草叢裡。

「別阻止我！讓我死吧！」

男人雖然試圖抵抗……

「隊長！此處為殿中！此處為殿中啊！」

但薩門還是藉由體型上的優勢，把槍械從準備自殺的人手上奪過來。

「是啊隊長！也沒必要自殺吧！還有薩門，殿中是什麼啊？」（註：殿中是指將軍之居所，在裡頭拔刀必須無條件切腹。後引申為請自重之意）

健太用難以捉摸的口氣這麼表示。矮小的他留著黑色短髮，使用的武器是「G36K」突擊步槍。他接著又面向塗滿迷彩的臉……

「我能了解你因為這種狗屁規則而生氣的心情，但這時候放棄戰鬥就結束了。」

以讓人似懂非懂的理論來安慰隊長。

「沒錯沒錯。即使狀況改變，也要享受到最後！還有剛才已經寫過武器被鎖住，所以根本沒辦法自殺吧？」

使用「HK21」機槍的瘦削機槍手傑克以及……

「我想和隊長戰鬥！」

把武器更換成「MSG90」狙擊槍的太陽眼鏡男勒克斯……

「盡全力戰鬥，最後好不容易打倒隊長，由我們小隊獲得優勝也是很好的結局吧？」

頂著黑色辮子頭，使用「ARX—160」突擊步槍的波魯特接著這麼說道。所有人都跟平常一樣處於開朗的氣氛中，而且臉上還帶著笑容。

「…………」

自殺遭到阻止，只能成為他們敵人的男人……

「我知道了……我不會幹傻事了。」

說完就得以從薩門手臂中解放出來，接著男人就把M9—A1收進槍套裡。

迷彩塗裝的男人靜靜閉上眼睛，很難從臉上看出他的表情——

Flying Platform靈活地避開樹枝，豪爽地吹飛周圍的草並降落到這樣的他身邊。

「…………」

隊長揹著附有槍榴彈發射器的STM—556，一言不發就搭上那台奇怪的機械，接著引擎就再次發出尖銳的聲音飛上天空。

機械靈巧地鑽過樹木的枝葉不斷提升高度後，映照在隊長眼中的諸伙伴也就逐漸變小。

雖然混雜在森林的綠色當中，但還是能清楚地看見他們臉上的笑容。

「嗚哇，說要組成背叛者小隊耶！」

ZEMAL的隊長休伊，看見衛星掃描接收器後就發出歡呼聲。他的周圍可以看見四名伙伴以及包含自身在內的五台武裝購物推車。

「也就是說，我們當中有一個會成為敵人嗎！還有這種事——似乎很有趣！」

同樣露出笑容的是鼻子上貼著膠帶的彼得。

「是啊。也就是——可以嘗到機關槍對機關槍這種世界上最美麗的槍戰吧！」

頭髮往上推的黑人麥克斯也發出興奮的聲音……

「嗚呵！燃燒起來了！Burning！」

最後使用M60E3的Sinohara已經興奮到背肌不停震動。

「真想快點戰鬥！那到底誰是背叛者！來，快點報上姓名吧！老師不會生氣！」

聽見休伊的話……

「啊，是我。」

這麼說道並舉起手來的，是纏著頭巾的TomTom。

「嘿嘿！沒看到這些字嗎？」

他很驕傲地對眾人展示著衛星掃描接收器……

「可惡，真羨慕！」

「沒抽中！」

「氣死了！」

「太羨慕你了！跟我交換吧！」

四名伙伴都用欣羨的眼神看著他。

「才不要哩！我要大鬧一番！」

「拜託了！只要交換接收器就可以了吧？給我給我！」

「不，還是交給我！」

「不行不行！是我的！」

TomTom的接收器就快要被伸手過來的伙伴們奪走，於是認真防禦了起來。

接著就聽見低沉的螺旋槳聲。

「啊，飛行物體指的就是那個吧？」

飛行講台——Flying Platform就在男人們抬頭看的天空飛行。它立刻來到眾人身邊，緩緩降落到龜裂的水泥地上。

「來了來了。太好了，各位，你們當心嘍。」

TomTom用從店裡帶出來的扳手，不斷切斷把愛槍FN・MAG與推車連結在一起的鋼絲。

接著把裡面裝著滿滿彈鏈的背包從推車上拿起並揹到背上，以肩帶將槍揹在右肩，然後輕輕跳上Flying Platform。

接下來……

「我出發了！各位，戰場上再見啦！」

以宛如去便利商店般的輕鬆口氣向眾人告別。剩下來的幾個男人……

「我們會把你打成蜂窩！」

「要撐到跟我們見面啊！」

「保重了！別輕易掛掉啊！」

「雖然想把它擊落，不過還是算了吧！」

就笑著對立刻輕輕浮起的機械揮手。

大樓屋頂上……

「咦，什麼叫背叛者……」

全身防具且戴著全罩式頭盔，沒有露出一絲皮膚的六個人，也就是小隊T—S的眾人各自看著自己的接收器。

該處是原本為城市的地點。海面不斷上升，二十五層樓的建築物已經剩下不到一半。周圍已經沒有探出頭的建築物。遠方也因為濃霧而看不清楚，簡直就像一座孤島。

在屋頂暗沉的磁磚上，科幻士兵般的六個人原本不是蹲坐就是把腳伸直坐著發呆。

「太誇張了。明明是至今為止一起奮鬥的伙伴，卻要被這種特殊規則撕裂友情。」

他們所有人都在頭盔後面，或者安裝在非慣用手的盾牌上標明001到006的辨識號碼。剛才說話的是編號005的男人。

「啊，我是背叛者……」

編號002的男人以苦澀的口氣這麼表示。

他放置在腿上的武器，是外形宛如壓扁的魚一般的槍械。那是黑克勒&科赫公司公司製的「XM8」突擊步槍。長度是被稱為Baseline Carbine的最常見類型。

帶著「X」字母的兵器是表示其為試驗品。雖然流傳著美軍將制式採用這把槍的話題，但最後還是遭到取消，結果沒被採用就消失了。

這把5.56毫米口徑的槍因為其獨特的造型，後座力小以及命中率高等性能而在GGO裡相當受歡迎。使用的彈匣與G36突擊步槍一樣。

他的XM8從本屆開始在槍口安裝了消音器。

消音器可以說是具代表性的高額道具，不過T－S怎麼說都是上一屆的優勝隊伍。Pitohui投入個人財產提供的優勝獎品相當豪華，所以賣掉之後賺了一大筆。

順帶一提，這把XM8在SJ3裡尚未開過火。

「啊～這樣啊～是你嗎～」

算是隊長的001一邊望著002展示的接收器，一邊無力地這麼說道。那種毫無霸氣的模樣，漂亮地幫其他人展現「事到如今誰都無所謂了」的心情。

接著盾牌安裝在右手的左撇子，編號是004的男人就像突然注意到什麼事情一樣抬起伏著的臉。

「嘿！上面說『會有飛行物體來迎接』吧！」

「嗯？是啊。」

為了搭乘該物體而站起身的002這麼回答。

「如此一來，我們所有人都坐上去，然後在途中下來不就好了。」

「咦——啊啊！」

002以及……

「沒錯！」

「行得通！」

「好棒的靈感！」

其他成員都發出興奮的聲音。

「沒錯！像直升機那樣的東西飛過來了！」

002高興地這麼說道。雖然因為頭盔而看不見表情，不過大概是滿臉笑容吧。

「大家可以一起搭乘那個到陸地上了！」

「哇喔！」「太棒了！」「能繼續玩了！」「Bravo！」「太好啦！」

所有人都露出興高采烈的模樣。

彷彿漂流到無人島的人看見逃生船時那麼歡喜。實際上狀況確實也是如此。

接著他們耳裡便聽見螺旋槳聲。

然後飛行體映入他們的眼簾。

「那是什麼……」

最後降落在他們身邊的，是怎麼看都只有一個人能乘坐的小型飛行機械Flying Platform。

「…………」

於是六個人便安靜了下來。

「不對，還是試試看吧！」

但002還是不放棄。

以肩帶揹起愛槍後就催促所有人站起身子。等五名同伴各自拿起武器，002才靠近那台機械。

雖然是直徑不到2公尺的圓形機械，但扶手的中央先站一個人，然後剩下來的人把腳放到其周圍——也就是圓盤狀的軀殼邊緣，似乎就能一起乘坐上去。

不過軀殼裡面有螺旋槳在旋轉，腳要是打滑被捲進去的話可能就會被切斷。

「好！大家站到邊緣！然後抓住扶手別掉下去了！我最後再站到中央！」

「了解！」

五個人就按照他所說的慎重地站到周圍，緊抓住扶手。確認他們站好之後……

「要上嘍……」

002站到正中央——

嗡嗡！

引擎的聲音急遽升高，螺旋槳開始高速旋轉……

「飛吧！」

但是沒有升空。引擎的聲音變得更尖銳。

「飛吧！」

還是沒有升空。引擎的聲音提升到臨界點，聽起來似乎快壞掉了。

「飛吧！」

果然還是沒有升空。

「咦……？」

Flying Platform就只是發出尖銳的聲響，連1公分都沒有浮起來。數秒後，引擎轉速急速下降，回到空轉狀態。

這無論怎麼看都是超重，於是……

「可惡！」

站在中央的002只能仰天長嘆。

「沒辦法了……」

001這麼說著，並且輕輕從Flying Platform的軀殼上跳下來。引擎聲再次提高，但還是沒有浮起。

接著……

「那麼，好好加油吧！」

003跳了下去。還是無法升空。

「只要最後你還活著，就是我們獲得優勝了！」

006離開機械。依然沒有升空。

「你沒問題的！」

005走下飛行器。果然還是沒有起飛。

最後……

「再見了！」

004跳下Flying Platform。

結果搭在上面的只剩下002一個人。

下一個瞬間，Flying Platform便輕巧地飛上天空，不斷地提升高度。

「各位……各位……抱歉！抱歉！真的很抱歉！」

002用盡渾身的力氣大叫著。

雖然因為頭盔而看不出表情，但應該是淚流滿面吧。

「搞什麼嘛，別開玩笑了！」

「到底是誰訂出這種規則的！」

「是那個狗屁作家吧！就算是贊助者也不能這樣吧！」

「啊，那傢伙的虛擬角色要是在眼前，我一定會痛宰他！」

草原上有四名怒氣沖沖的男性。

他們的小隊名稱是「TOMS」。

這隻小隊的特色是所有人全是重視Agility——也就是敏捷度的角色。

和蓮與塔妮亞一樣，以不斷快速移動來讓對手無法擊中的鍛鍊方式。

到去年為止「Agility萬能論」一直都是GGO世界的主流觀念，實際上這類型的玩家也真的很強，但還是因為重量限制而有火力弱這樣的缺點。

小隊共同的服裝也是以容易活動為主。

在只到腳踝的輕量越野靴上面可以看到以緊身褲襪包裹住雙腳，另外還穿著只到膝蓋上方的短褲。

上半身是緊身版型的長袖上衣，以及加裝極小巧防彈板的裝備背心。

上下身服裝都是暗沉的深茶色。那是被稱為「Flat Dark Earth」，即使周圍都是土壤，或者是在森林、都市區等廣大範圍內都相當低調的顏色。

輕量且輕快的服裝在山裡或森林小徑中奔跑的模樣，讓人聯想到「山徑越野跑（Trail running）」這種競技的選手。裝備背心腹部部分的彈匣袋，也因為只裝最小限度的數量而僅只有四個彈匣。用完後如果還需要的話，就得先脫離戰場，然後從倉庫欄裡取出來使用。

由於重量限制也包含倉庫欄在內，所以就算收納還是裝備在身上重量都是一樣，但物理上的大小，也就是體積會有所變化。為了高速通過狹窄的地方，身體上較少凸出的部分還是比較有利。

另外，視覺上「看起來相當靈活」也很重要。正所謂相信者得永生。

沉重的武器需要體力值，也會降低速度，所以TOMS的成員所使用的都是輕量且容易控制的槍。也就是即使在衝鋒槍以及突擊步槍裡也經過短縮化的版本。

目前存活的四個人，所使用的武器明細是──

首先是黑克勒&科赫公司製小型衝鋒槍「ＭＰ７Ａ１」。

這種槍械與蓮的Ｐ９０同樣，是在「從小型槍發射比手槍子彈更快更強力的子彈」這種概念下設計出來。一般的衝鋒槍使用的是手槍子彈，它用的則是口徑更小而且高速的專用子彈。

其他三個人拿的是突擊步槍的縮短版。也就是被稱為Carbine的類型。

其中一個人用的是同樣由ＨＫ公司製的「ＨＫ５３」，一個用的是韓國製的「Ｋ１」，最後一個人則是用俄國製的「ＡＫＳ─７４Ｕ」。

他們ＴＯＭＳ在ＳＪ３開始時，是位於地圖東部的草原上。雖說就在UNKNOWN附近，但還是看不見那裡到底有什麼東西。

當他們看見最初的掃瞄後所發射的信號彈，就煩惱著該往ＬＰＦＭ還是Ｔ─Ｓ的方向前進……

「打倒上屆優勝者才算立下大功。」

「嗯，沒有異議。」

就因為這種類似戰國武將般的決定而往北朝城市前進。

但是T—S卻因為海面上升而處於真正只可遠觀的位置。在沒辦法的情況下，聚集起來的小隊便選擇自己打一場。

有趣又激烈的市街戰當中，他們完全發揮敏捷性來打倒周圍的小隊，順利成為存活下來的六支小隊之一。

但是，因為激戰而失去兩名成員，存活下來的成員也渾身是傷。

受到重傷的他們，即使用光了急救治療套件也只能恢復六成左右的HP。

在這樣的情況中又發動了讓他們再度減少一名成員的特殊規則。

「別開玩笑了！」

也難怪他們會如此氣憤了。

「那誰是背叛者？」

將K1掛在身體前方的男人這麼問道，結果手拿MP7A1的男人就把接受器展示給伙伴們看並回答：

「是我……」

「柯爾嗎……竟然選中最快的傢伙……」

可以聽見傳出怨嘆的聲音。

柯爾是小隊中看起來最年輕的虛擬角色。外表是白人。頭髮是褐色，眼睛則是灰色。

這時候他咧嘴笑著說：

「哎呀！既然這樣，就反過來利用這條規則吧！」

「嗯？什麼意思？」

「我雖然加入背叛者小隊，但不會幫助那支小隊獲勝！因此我會裝出很高興能加入小隊的模樣，然後在『緊要關頭』背叛他們！」

「這點子……很不錯唷！」

「『背叛者小隊裡的背叛者』嗎！讚！」

「又有誰能預想得到這種情形呢！」

雖然沒有必要，但柯爾還是壓低了聲音說：

「聽好了，作戰是這個樣子——我在那邊也會專心逃亡，盡量讓自己存活下來。你們幾個也想盡辦法逃竄。以我們的速度絕對沒問題。然後讓強敵去自相殘殺。我則看準時機，從背叛者小隊的成員後面開槍來幹掉他們。他們一定不會對我有戒心！等順利擊潰他們後我再自殺。這樣『我們TOMS』就贏了！」

「柯爾……你這傢伙……」

「是小隊的模範……」

「下次我一定請你……」

當伙伴們快要流下眼淚時，就從空中降下了Flying Platform。

「哦！搭上這個就可以了吧。好了各位，那我出發了！」

柯爾以笑容留下這句話後當場用力跳了起來。

他輕輕越過扶手上方，跳進了飛行器。

就這樣，六支隊伍裡有五支小隊已經決定背叛者，也各自有了內心糾葛與別離。雖然似乎也出現歡喜與陰謀就是了。

至於最後一支小隊——

「哦呵！太棒了！是我啊啊啊！這下子就又能跟小蓮戰鬥了！」

草地的窪地當中，蓮看著自己的衛星掃描接收器畫面以及其前方露出最凶狠笑容的Pitohui……

「什麼？」

她露出無法相信任何事情的表情，發出無力的聲音並微微歪著頭。

蓮眼前那名穿著深藍色連身服的女性……

「太好了啊啊啊啊！呀呼嗚嗚嗚！」

她很高興地大吼了起來。小屁孩嗎妳？

「我、就、是、背叛者～！Yes！背叛者～！用英文來說是『Betrayer』！」

還唱起即興創作的歌曲。

「嚕嚕嚕～！啦啦啦～！啊啊～背叛者的人生～實在太美了～！」

操縱者不愧是職業歌手神崎艾莎。明明是古怪的歌卻又那麼好聽，讓人不知做何反應。

「咦～Pito小姐真令人羨慕。和我交換嘛！我很擅長在空中飛行喲。我在ALO裡每天都在飛！和我交換接收器吧！」

其左側的不可次郎嘛起小小的嘴唇這麼說道……

「不行！這是營運方選擇的重要決定事項！妳要遵守！Obey！」

Pitohui迅速把接收器收進腰包並這麼回答。

「咦……？」

蓮尚未理解眼前所發生的狀況。

她以茫然的表情……

「結果竟然是妳嗎……嗯，那就到那邊去好好享受吧。」

聽著M這麼呢喃。

「這還用你說！M，在被我痛宰之前千萬別死喲。」

「嗯，我會努力。」

緊接著……

「Pito小姐，事到如今也沒辦法了，就由我來幹掉妳吧！妳想死在電漿彈頭槍榴彈還是手槍之下？」

也能聽見不可次郎高興的聲音。

「咦，不可小妞妳手槍根本射不中人吧？」

「所以用手槍猛力敲頭來殺了妳啊！揍一百下的話總會死吧？」

「嗚哇，聽起來好痛。但是，在那之前可能就會因為腦震盪而登出嘍。」

「還有這種方法嗎？」

「不過，我不會讓妳靠近的，所以一點都不擔心。不甘心的話就放馬過來吧！」

當不可次郎和Pitohui高興地鬥嘴時，就有一台奇怪的飛行物體發出「嗡嗡」的振翅聲飛了過來。

飛行物選擇距離四人所在窪地10公尺左右的平坦地面，一邊吹散雜草一邊著陸。

「喔呵！搭上那個就可以了嗎！」

Pitohui單手拿著KTR—09站起身子後，就踩著雀躍的小跳步往Flying Platform靠近。

「…………」

蓮只能默默地注視著她的行動。

「那麼，真的能搭上去嗎？」

難得Pitohui會做出這種膽怯的發言，不過她還是緩緩抬起腳，踩上那個飛天講台的中央，結果立刻發出尖銳的引擎聲，Flying Platform跟著輕輕浮起。

「啊哈！坐上來了！太棒了！再見嘍各位！還有小蓮！喂～！小蓮～！」

失了魂般一直恍神的蓮……

「啊！」

終於回過神來，往上看著往高空移動的Pitohui。

「小蓮！我會以小蓮為首要目標！最好有所覺悟喲！我不會讓妳輕鬆掛掉的！在打倒SHINC之前，先打倒我吧！啊哈哈哈哈哈哈！」

Flying Platform就載著以爽朗到了極點的笑容叫著恐怖發言的Pitohui往天空飛去。

最後……

「啊哈哈哈哈——」

從通訊道具傳來的Pitohui尖銳笑聲倏然停止。

至於是她關上電源，還是因為不再是伙伴而失去了機能就不得而知了。

草原上……

「噠啊啊啊啊啊啊啊啊啊啊啊啊啊啊啊啊啊啊！」

叫聲近似悲鳴的蓮以及……

「哇哈！這下又能跟Pito小姐戰鬥了！太好嘍！」

遊戲魂遭到猛烈刺激而熱血沸騰的不可次郎……

「這下子有新的強敵出現了……那麼，今後我們三個人要採取什麼樣的作戰呢……」

以及跟平常一樣沉著冷靜的M被留在現場。

「哇哈哈！Flying Platform真是太有趣了！」

Pitohui享受著虛擬世界的飛行，一邊在空中移動，一邊因為接下來將面臨與蓮的對戰而感到雀躍不已。揹著KTR—09的她，把雙臂往兩側張開來擺出飛翔的姿勢。

Flying Platform完全是自動操縱。不論坐在上面的人做什麼都不會失去平衡，只是輕快地往前飛行。坐在上面的人根本無事可做。

當然一九五〇年代的那種機型沒有這樣的機能，這只能說是GGO魔術了。

大概上升到了５００公尺左右的高度吧？上面雖然都是雲，不過下面可以看得很清楚。遠處可以眺望海洋與海岸線，所以也能了解自己前進的方向。也就是島嶼中央的UNKNOWN區域。

最後前進方向的右斜前方遠處出現一個小點，然後逐漸形成輪廓。

那是人類乘坐的圓形機械，也就是同樣的Flying Platform。

「哎呀，是『同伴』嗎？好，開火射擊看看吧。」

Pitohui呢喃著不合常理的內容並架起ＫＴＲ－０９，但就算手指觸碰扳機視界裡也沒有出現著彈預測圓。看來武器依然上鎖當中。

「嗯，之後再說吧。反正有的是機會幹掉他們。」

說著這種恐怖的發言並放下槍的Pitohui就這樣被運往目的地。

酒場裡的轉播畫面映照出六架Flying Platform的特寫。當然也可以看出是誰搭乘在上面。

隸屬ＳＨＩＮＣ，揹著ＶＳＳ消音狙擊槍的老大。

ＳＴＭ－５５６上加裝槍榴彈發射器的ＭＭＴＭ小隊隊長。

ＺＥＭＡＬ裡裝備ＦＮ．ＭＡＣ機槍的頭巾男。

T—S是使用XM8突擊步槍的002被選中。

因為TOMS不是有名的隊伍所以不是很清楚，不過看得出是使用MP7A1的男人。

另外還有……

「是那個大姊！」

除了KTR—09突擊步槍外還有許多武器的Pitohui。

「喂喂，太厲害了吧！這樣的小隊組成實在太棒了。」

「這些傢伙要組成一隊嗎……」

「感覺好像太強了？同伴被奪走的小隊根本不是對手吧？」

「但這是營運公司與贊助者看著比賽進展而選出來的吧？」

「贊助者真是太惡劣了。我看他根本只是想讓背叛者小隊獲勝吧。」

「這些傢伙vs其他所有小隊的話，確實會讓人熱血沸騰。」

「的確會想看看那樣的對戰！」

在觀眾熱烈討論之中，六台Flying Platform就朝著島中央飛去。

目標是地圖上塗成黑色並且寫著UNKNOWN，被霧氣包圍而不清楚到底有什麼的地點。

ＳＪ３的世界吹起一股不自然的風。

至今為止都沒有如此強勁的風。

飛行的Flying Platform搖晃地相當厲害……

「嗚哇啊！」

ＺＥＭＡＬ的TomTom發出了悲鳴並緊抓住扶手。

不自然的強風將宛如一灘死水般的不自然濃霧吹散。

讓人看不到２公里前方的濃霧，以現實中不可能出現的速度消散。簡直就像把覆蓋著的薄紗拉開一般。

坐在Flying Platform上的六個人，眼睛下方——

觀眾們眼前的螢幕裡——

蓮等被留在草原上的玩家們則從山丘的遠方——

看見了那個。

看見了那艘船。

隱藏在UNKNOWN區域裡頭的是一艘船。

一艘豪華客船就坐鎮在島嶼中央平坦草原的山丘頂上。

那是一艘大到恐怖的巨船。

全長500公尺。

寬90公尺。

而船體構造物的高度同樣是90公尺。

因為船的下部陷入土壤當中，所以應該可以再加上100公尺吧。如果包含桅杆和天線的話就更高了。

船的前端下部有抵抗波浪用的Bulbous Bow——翻譯成日文就是「球狀船首」，不過目前剛好插進草地裡而看不見。

船體是在平衡狀態下陷入地面，不論上下還是左右幾乎都保持著水平。吃水線的位置剛好就是地面，看起來簡直就像是漂浮在綠色海洋之上。

船體雖然是白色，但已經變得暗沉，有些部分甚至看起來像乳白色或者灰色。另外還有到處可見的茶色髒汙，至於顯眼的直向紅褐色澤可能是鐵鏽。

區隔出來的大量客房露臺就並排在船體側面。

數數橫向排列的窗戶與露臺共有幾層樓——船的話應該算是「甲板」，就可以知道總共有二十層。

「哇哦！好大！」

Pitohui以及……

「天啊，真是一艘巨船。」

老大……

「要在這裡戰鬥嗎……」

還有ＭＭＴＭ的隊長等人，從上空看見其威容後就做出這樣的發言。

「Final stage！」

「喔喔！好大！」

「原來如此！是船嗎！」

「嗯，我早就知道嘍。島的中央一定會有船！」

「嘿你這傢伙，剛才明明一臉驕傲地說『絕對是航空母艦，沒有別的可能了』對吧？」

觀眾們也因為映照在螢幕上的巨大豪華客船而發出歡呼聲。終於可以看見UNKNOWN區域了。

由於從斜上方的空拍攝影機將鏡頭拉近來拍攝船體，所以可以看見豪華客船的細部。船首上設置了寬敞的平坦空間，塗成綠色的圓形中央可以看見許多部分已經快消失的巨大「H」字母。那是直升機起降場。

起降場後方是一連串山一般的上部構造物。漂亮的斜面上並排著玻璃窗。既然是船，那麼最高的地方就是艦橋──也就是操縱室。玻璃往外突出的部分就是艦橋了。

船體後部的數層甲板也能看見大量的露臺與窗戶。不過有許多部分已經損毀。或許是猛烈撞上什麼地方了吧？甚至還有整個凹陷的露臺。

「客房很破爛耶。」

「嗯，因為是最終戰爭之前的船啊。」

「考慮到這一點，其實已經算很漂亮了。」

船體側面下層的散步道──也就是沒有客房，全部都是通路的甲板上，並排著為了顯眼而把船頂塗成黃色的逃生小艇。

為了讓大量乘客都能搭乘，逃生小艇的數量也相當多。只見它們毫無間隙地並排在船的側面。雖然這麼比喻可能不太好，但看起來真的像附在草木上的蟲子。

雖然逃生小艇的塗裝也受到不少損傷，但形狀大致良好，看起來依然可以使用。

空拍機切換成從客船正上方的視角。攝影機從船首部分往後方移動。
接著映照在螢幕上的是穿越船體中央的寬廣空間。
這艘船將客房設置在船體左右兩側，中央則是讓太陽光照射進來的「中庭」。長度大約是客船全長的三分之二，也就是有330公尺以上。寬度應該也有50公尺左右吧。
既然有如此寬敞的空間，當然也設置了許多設施。從上方的影像無法看見細部，但是可以分辨出像是公園、散步道般的通路以及露天攤販等設施。
分為左右兩側的客房棟上方，可以看見累積著髒水的泳池與浴缸。另外也能看見骯髒的籃球場還有突出的煙囪。
客房大樓之間架了幾座橋，讓左右兩側的房客可以自由地往來。其上方附有監視塔的瞭望甲板是這艘船最高的地方。
空拍影像雖然不停捲動，但還是看不到船的盡頭。影像就這樣一直持續下去。
「不過這真的太大了。」
「就跟公寓一樣。」
「比我老家的都市區還要大。」
開始移動數十秒後，攝影機終於捕捉到船尾的影像。
該處有從中央的中庭延伸到此的寬敞平坦空間，同時設置了下陷的半圓形階梯狀座位區。

為了讓坐在長椅上的觀眾們能夠欣賞表演，船尾部分是巨大的舞台。
舞台後方是能夠享受延伸出去的船波與瞭望的寬廣甲板。
從該處掉下去的話就會直接跌落海中，所以四周圍都設置了高大堅固的扶手。

這確實是一艘巨大又華麗的客船。
過去應該在透明的蒼藍海洋上，踏破純白的波浪持續地航行吧。
搭載著數千名乘客——可能是朋友、家人、情侶，在他們心中留下一輩子都不會遺忘的美好回憶。
而從陸地上眺望白色巨體的人們，內心應該會抱持著將來有一天一定要搭上它來環遊世界的熱情才對。
但是為什麼現在會擱淺在這種地方呢？
攝影機像是要回答觀眾們的疑問一樣，將拍攝角度切換成船首的側面。
上面用英文，而且是優美的字形寫著大大的船名。
「Conqueror of the Seven Seas」——翻譯成日文，其名稱就是「七海的征服者」，不過現在上面已經被打了個×。

然後船體上部被寫上新的名字。那串凌亂的文字怎麼看都是由某個人拿起塗料親手覆蓋上去。

新的船名是「There is still time」——「尚有時間」。

「噢，我知道了。是GGO為了表現最終戰爭後的演出。」

「還是一樣喜歡下猛藥。」

觀眾注意到這是一艘什麼樣的船了。

GGO的地球——

住在上面的人類引發了最終戰爭，以核子武器，甚至是更為強大的兵器盡情互相殘殺，因此而破壞了地球環境，僅存下來的一些人類最後也滅絕了。

目前存在的人類，也就是GGO玩家們，是搭乘「Space Battle Cruiser Glocken」回到無人地球的傢伙。

GGO的玩家當中……

「最愛毀滅後的地球。老實說不用開任何一槍都覺得很有趣。」

也有許多這樣的人。他們對無法使用的人工物靜靜老朽的模樣抱持許多感情。以現實世界的說法，就是廢墟迷或者廢都市迷。

他們和擁有同樣興趣的伙伴組成中隊，享受著「純粹探索這個世界」的行為。

這群人出發去冒險，享受那個地點，然後將發現的道具——大概是槍械或是其設計圖拿到城裡賣掉換成金錢，作為下次冒險所需的資金。

當然他們也攜帶著槍械，但目的不是為了積極打倒怪物或者其他玩家，而是「不讓這些威脅打倒」的自衛手段。說起來這種想法本來就不是「戰士」而是「探索者」。

二〇二六年的現在雖然有各式各樣的VR遊戲，但現在就只有GGO具備最終戰爭後，而且是經過漫長時間後的地球這種戰場——

那種粗豪的荒廢模樣，深深地吸引了美國與日本擁有這種興趣的人。

而GGO的遊戲設計師也為了不輸給這些深度玩家，亦即為了讓他們想繼續玩下去而加入各種不同的演出。以前Pitohui對蓮說的，在荒廢教堂裡閃閃發亮的婚紗就是其中一個例子。

而這艘船也有沉重的歷史。

搭載最終戰爭之後好不容易存活下來的人們，用來逃往存在於某處的安全新天地。

還是豪華客船時所取的「七海的征服者」這個傲慢的名稱——

被塗改成「尚有時間」這個充滿希望的名字。

它大概搭載了數千名，甚至是上限人數的數萬名難民，然後在一片汪洋當中航行。船上的人都相信某處存在能讓人類存續下去的命定之地。

然後可能是遇上了地殼變動吧，不然就是遭到巨大的海嘯愚弄，這艘巨大的客船就擱淺在陸地上再也無法動彈。

不對，說不定——

這個無法動彈的地點，正是他們所找到的新天地。

雖然不清楚這些人之後有了什麼遭遇，但可以確定的是他們全部喪命了。

「這舞台背景也太感傷了吧……」

「從宇宙回來的我們，竟然還學不乖要在這樣的地點戰鬥嗎！」

「喔喔，人類的天性真是可悲……」

「為死掉以及將要死掉的人祈禱以及乾杯吧！」

最喜歡戰鬥的這群傢伙，就在酒場裡高舉起杯子。

當觀眾席籠罩在偽善的追悼氣氛當中時——

「哦？啊，那是船名嗎？」

搭乘Flying Platform來到船附近的Pitohui也能看見那些文字了。因為客船的船首是朝向正南方，所以她剛好從寫著船名的角度接近。

「『尚有時間』？噢！原來如此。」

隨著越來越靠近客船，Pitohui也了解一切……

「噗！哇哈哈！所有人經過無謂的努力後全滅了嗎！啊哈哈哈哈！既然都要死，就和敵人戰鬥後再死啊！啊哈哈哈哈哈！」

接著她便開心地大笑起來。

「那麼，就在這裡進行更多的殺戮吧！」

性格宛如邪神般直率的女性所乘坐的Flying Platform，以及剩下來的五架機體，就往船首的直升機起降場降落。

朝著3rd Squad Jam最後的舞台前進。

SECT.11

第十一章　尚有時間攻防戰・其之1

「看來沒閒工夫繼續在這裡耗下去了。」

十二點五十六分。

M在Pitohui飛離的草原上注意到那件事情後，就對剩下來的兩名伙伴，也就是蓮與不可次郎做出指示。

「全力往島中央奔跑。」

「嗯？——嗚喔喔喔咿！」

不可次郎也注意到那個事實，同時發出了古怪的聲音。

是海。

海平面上升的速度比剛才更快了。回過神來才發現，海岸線已經靠近到剩下50公尺左右的地方。草地不斷被水吞沒。彷彿巨大的生物無聲地迫近一般。

「喂，蓮！要走嘍，蓮！」

「…………」

不可次郎……

往失了魂般呆在那裡的蓮的手臂抓去，硬是讓她站了起來。

「啥？噢……知道了、知道了。」

蓮一站起來……

「跟我來。」

就在隔了數公尺的距離下，跑在往前衝刺的M後面。

領頭者是M，右後方是不可次郎，左後方則是蓮。

這是把最強壯的M放在前頭，萬一要是被擊中，也可以讓剩下來的兩個人少受點傷害的陣形。

嗚嗚……大家都在替我擔心……

蓮的心感到一陣刺痛。

雖然感到痛楚，但是現在也沒時間煩惱了。

現在應該做的事情是為了不讓海洋吞沒而全力奔跑。

然後到達遠方可見的船隻並且入內與Pitohui見面。

「快一點！所有人跑起來！」

失去老大的SHINC同樣開始奔跑。繼續待在原地的話，不久後就會被海洋吞沒。

最初做出指示的是塔妮亞，不過她開始跑步後……

「老大不在了，接下來就換蘇菲指揮嘍！拜託妳了！」

立刻呼叫下一任小隊隊長的名字。

SHINC是以社長老大、副社長蘇菲這樣的順序來移交隊長之位。接下來是三年級的羅莎。之後就是猜拳所決定的，安娜、冬馬、塔妮亞這樣的順序。

把PTRD1941收進倉庫欄的蘇菲，拚命動著緩慢的腳步在草地上大聲奔跑……

「加油！」

腳程同樣很慢的羅莎則是抱著PKM機槍跟在她後面。

安娜與冬馬這兩個狙擊手是身輕如燕，所以經常停下腳步以德拉古諾夫狙擊槍的瞄準鏡警戒周圍。在這個時間點，實在不認為其他小隊有那種閒情逸致對自己這幾個人出手，也不認為會有小隊尚未認清狀況，不過凡事還是小心為上。

跑在最前頭，因為實在太快而經常停步的塔妮亞……

「靠近船之後該怎麼辦？那個時候MMTM應該在右側，而蓮他們應該會出現在左側喲。當然——是蓮沒被選入背叛者小隊的情況下。」

對小隊提出這樣的問題。

拚命跑動的蘇菲開口回答：

「沒有閒工夫戰鬥了。盡可能不要與他們交戰。既然有船，就代表不搭上去的話會溺水。必須以上船為最優先事項。」

「說得也是！其他小隊應該也這麼想吧！」

「嗯。但是……」

「但是什麼？」

臉上塗著迷彩花紋的五名男人，也就是ＭＭＴＭ的成員們全都在奔跑。

穿越寬廣的森林來到草原，接著朝著山丘頂上邁進。

吉利服已經收回倉庫欄，插在身上的枝葉偽裝也邊跑邊掉。接下來應該不需要這些東西了。

奔跑的方向前方可以看見豪華客船的左舷後部。不過仍然相當遙遠，應該還有２公里的距離吧。

ＭＭＴＭ的隊長標誌這個時候轉移到使用ＨＫ２１的機槍手，瘦削的傑克身上。

「大家加快腳步！得快點抵達才行！」

「我知道！這真是累人……」

「跑起來心理上會很累。」

他和其他成員都注意到，而且也了解了。

必須盡快衝到船上，否則小命就會不保。

而上船的人，將會徹底阻止自己的小隊這麼做。

＊　＊　＊

所有人開始急奔時——

不知道隔了多少年，原本是豪華客船的「尚有時間」裡出現了一個又一個的「乘客」。

酒場的螢幕上播放著巨大的影像。那是遵照指示搭到Flying Platform上，依序降落到直升機起降場的六名「背叛者小隊」成員。

從短短二十秒左右就著陸的六架Flying Platform上各自走下一名成員。機械的引擎立刻噴出白煙，做出「這台機械再也無法使用」的演出。

當白煙往正上方飄起時……

「啊，風完全停止了。」

觀眾就了解怎麼回事了。

六個人在直升機起降場上在H字母四周圍成一個圈。

由於是在巨大客船的前端，所以攝影機鏡頭一拉遠，人類的模樣看起來就相當渺小。

「嗨，各位！新的『伙伴』們啊！現在的心情如何呢？」

直升機起降場上最先出聲的是Pitohui。她以高興到極點的態度，露出樂在其中的笑容。

「我或許是知名人士，不過大家還是先自我介紹一下吧！順便說一下武器與得意的戰鬥方式——我是Pitohui！除了KTR—09還有其他各種武器。嗯，大家應該看過SJ2的影像吧？就和那個時候一樣！那時沒用什麼子彈就是了！嗯，總之戰鬥方式算是相當全面啦！請多指教！今天就讓我們好好享受吧！耶～！」

結束宴會幹事般的打招呼方式後……

「那麼，換旁邊的壯小弟！」

「啊，您好……大家午安……」

Pitohui指名左邊的成員後，T—S的002就以全身包裹著護具的身體，輕輕低下戴著頭盔的頭部。

然後開始以低調的口氣自我介紹。

「我的名字是『艾爾賓』。武器是這個傢伙，加裝了消音器的XM8。身上沒有手槍。其他還有一點手榴彈。」

「好的，艾爾賓嗎！請多指教！還有說話不用這麼客氣！何況你們是上屆的優勝隊伍吧？挺起胸膛來！不論用的是什麼方法，只要能贏就是優勝喲！」

Pitohui察覺到他的心境。

在ＳＪ２之後，每個人都知道Ｔ—Ｓ在各大網路留言板都被批評是「作弊」、「卑鄙小人」。

「啊，謝謝……聽妳——您這麼說，我心情輕鬆多了。」

艾爾賓雖然直率地道謝，但用詞遣字還是相當客氣。

「那接下來換我了吧？」

待在艾爾賓左側，頭上綁著頭巾的TomTom輕輕舉起手來。

「我的名字叫TomTom。最喜歡機關槍！我愛機關槍！我還有許多子彈喲！不論是援護還是攻擊，我都可以拚命射擊喲！大家請多多指教！」

他是一個貫徹自己所愛的男人。開朗樂天的個性，不論到哪支隊伍都不會改變。

「很好，感覺很可靠！換下一個。」

Pitohui很自然地成為司儀。

身穿利於活動的輕裝備，手拿輕量小巧型武器ＭＰ７Ａ１的男人被她指中後……

「大家午安！我是柯爾。能力全點在敏捷度上的我，可能是這裡面速度最快的吧！嗯，當然也最不耐打就是了！」

他以充滿自信的笑容這麼表示。

男人非常清楚。

為了讓背叛發揮最大的效果，首先必須獲得眾人的信賴。而現在就是獲得信賴的時候。

「武器是這傢伙！MP7A1！在狹窄處戰鬥時，全交給我就對了！我會努力負起先鋒，或者攻擊手的責任。」

樂觀且充滿活力的發言，讓人聯想到求職時的面試。

「OK。那麼，終於要輪到剩下來的兩個人了吧？」

Pitohui說話的口氣另有含意。

艾爾賓、TomTom以及柯爾全都側眼看著尚未自我介紹的兩個人。

他們也很清楚。

這兩個傢伙跟Pitohui一樣不是普通人。

「我是伊娃。武器和戰鬥方式，嗯……我就自傲地認為大家應該都知道吧。」

SHINC的老大，角色名稱是伊娃的女性以粗壯的身體往前走出一步並這麼說道。這時她還挺起看不出是肌肉還是乳房的厚實胸部。

現場沒有人否定她所說的話。

因為參加第三屆大會的人，應該都知道在ＳＪ１獲得第二名，ＳＪ２獲得第四名的她們才對。

武器是揹在背上的ＶＳＳ消音狙擊槍，以及收在槍套裡的9毫米口徑自動手槍Strizh。Strizh是俄羅斯在採用測試時所取的暱稱，作為國際商品的正式名稱「Strike One」或許比較多人知道。

ＳＪ１的最終決戰，和蓮進行單挑時就充分展現過了，伊娃的身軀雖然龐大，但是動作相當迅速。這全是拜現實世界裡的咲鍛鍊出來的運動神經所賜。而且體力也相當高，所以極為耐打。

作為敵人相當恐怖，但要是當伙伴的話，就沒有人比她更可靠了。

「只有這樣？嗯，其實也都知道了啦。多多指教嘍，伊娃。能一起戰鬥真的很開心。」

Pitohui對她露出親切的笑容……

「唔嗯。」

伊娃以像岩石般堅硬、險峻的臉回了這兩個字。

「那最後一個人——我來介紹一下小衛衛！他玩ＧＧＯ的資歷和我差不多久喲！」

Pitohui以輕佻口氣所說的話……

「什麼！」

如此大叫並且大吃一驚的是尚木自我介紹的最後一人，也就是MMTM的隊長。塗滿迷彩的臉上瞪大的嘴巴與眼睛，讓他看起來有點滑稽。

「Pi……Pitohui……妳這傢伙……還記得我……」

「嗯嗯，當然記得嘍。雖然隸屬同一個中隊已經是很久以前的事情了，但我不會忘記至今為止遇過的人。」

「……那真是謝謝了。」

被叫出本名——應該說是角色名稱的MMTM隊長「大衛」恢復冷靜……

「我是memento mori的隊長大衛。也可以叫我戴夫。不過別叫我『小衛衛』！」

首先是這樣的發言。看來過去曾經因為名稱發生過什麼事。

「武器是STM—556，附加40毫米榴彈發射器。我也有長槍管，所以能進行中距離的狙擊。另外還配備了9毫米手槍。」

男人向其他四個人介紹了自己。當然，因為看過上屆與上上屆的影像，所以大家也都知道他是誰就是了。

這時大衛又繼續……

「老實說，我對『背叛者小隊』這個特別規則感到相當憤慨。很想把手榴彈塞進想出這條規則的傢伙領子裡。但是，為了爽快地送我離開的同伴，我發誓會努力到最後。」

說出自己內心的想法。

「了不起！我想大家應該都有同樣的心情！」

聽見Pitohui的發言後——

嘿嘿，我可不一樣喲。能夠趁機偷襲這些強者，真是太幸運了！

柯爾必須相當努力才沒有出現奇怪的表情。

「很好，那麼就請大家多多指教！」

Pitohui這麼說來為自我介紹時間做結束後，就又提出了疑問。

「對了，這樣不知道能不能重新登錄成同一小隊喔？看不見伙伴的ＨＰ條很不方便，不能使用通訊道具的話對我們來說相當不利。」

伊娃也同意Pitohui的意見。

「確實如此。搭上奇怪的機械後，就沒辦法和小隊成員通訊了。」

「重新申請小隊和登錄就可以了吧？」

TomTom如此提案。

「頭巾男，這主意不錯！那麼——大家等一下喔。」

Pitohui這麼說著並且動起左手。其他成員雖然看不見，但是她的眼裡應該看得到指令視窗。

Pitohui迅速在該處的虛擬鍵盤上打了某些字，最後大動作往旁邊揮舞左手。

「組隊邀請」的輔助視窗在五個人眼前跳出來。眼睛所見到的……

「接到小隊『Betrayers』的組隊邀請。要接受嗎？Yes　No」

是這樣的一串文字。

Pitohui所決定的小隊名就是直截了當的「背叛者們」。

每個人都選擇了Yes後，參加SJ3的全新小隊就誕生了。簡略表示名稱自動變成了「BTRY」。

「太好了！成功嘍！好棒哦！OK！果然凡事都得試試看！SJ3的系統真是厲害！」

Pitohui露出小孩子般高興的模樣，甚至整個人跳了起來。那種誇張的喜悅……

「本來就辦得到吧……」

讓大衛傻眼地這麼表示。

接下來Pitohui就按下左耳通訊道具的開關，然後面向後方小聲地說話。

「大家聽得見我的性感呢喃聲吧？」

「聽得見。」

「很清楚！」

「良好！」

「嗯。」

「沒問題。」

回答由順時鐘方向傳回，這樣就確認過通訊道具的機能了。

伊娃看向戴在左手腕外側的手錶。

十二點五十九分。

馬上就要經過一個小時了，同時也將開始第六次衛星掃描。

「你們覺得會掃描嗎？」

伊娃提出疑問，而Pitohui則做出了回答。

「應該會吧。來看吧，同時進行作戰會議。不過在那之前要問一下，大家的小隊在特別規則發動前大概在什麼位置？我們還距離這裡2公里以上喲。」

四個人的回答都是「差不多是這樣的距離」。

艾爾賓雖然默默無言，但大家都知道T─S的位置與狀況，所以就貼心地不再追究下去。

「那還有一些時間。」

Pitohui從腰包裡拿出衛星掃描接收器。

十三點整。

第六次掃描如期開始了，不過可以看見島嶼變得相當小，每一邊大概只剩下2公里左右。

快速的掃瞄不斷顯示出光點。

在小島西南端移動的是LPFM。即使Pitohui脫隊，小隊名稱似乎也沒有改變。

東南邊緣是同樣以客船為目標的SHINC。從該處往逆時鐘方向看去，東北方可以發現MMTM。北方是ZEMAL。TOMS則是從西北方過來。

最後是一動也不動，待在完全變成海洋的地點閃閃發亮的T─S。

至於在中央客船上面的當然就是自己的小隊BTRY了。

「嗯，早知道是這樣。」

Pitohui一這麼說完，就迅速把接收器收進腰包裡。

「可能不需要看下一次掃描了。」

大家都贊同她的意見。

下一次掃描是十分鐘後，那個時候這艘船應該已經被五支小隊包圍了吧。所以根本不需要看。

「那個，請問這支小隊要由誰來擔任隊長？」

唯一持續以客氣口吻說話的科幻士兵艾爾賓如此問道。

「剛才提出邀請的是Pitohui小姐，所以她已經是隊長嘍。」

柯爾做出了追加說明。他的口氣雖然不至於太恭敬，但對於Pitohui還是加上了「小姐」兩個字。

「這樣就好。」

「我無所謂。」

大衛與伊娃接連這麼表示。既然實力名列前茅的兩個人都這麼說了，當然也就沒有人提出反對的意見。

TomTom本來就是一副根本不在意誰當隊長的模樣。另外還能看出他已經快按耐不住想拿機關槍射擊的心情。

「那麼隊長，妳要為我們訂立什麼樣的作戰呢？」

大衛雖然用的是話裡帶刺的說話方式……

「我已經有主意了。」

但Pitohui立刻就做出回答。

十三點三分。

邊看掃描畫面邊移動的蓮等人，這時終於來到距離客船大約900公尺的位置。

這時他們先停下腳步，在草地中找到凹陷處並蹲下來。這是警戒來自客船的狙擊所做出的行動。

來到這裡已經花了不少時間，海洋現在也從後方逼近當中。如果只有蓮的話就能再早一點抵達，但因為還帶著M，所以也是沒辦法的事。

為了慎重起見，也警戒著幾乎是在己方小隊正東方的SHINC。即使伊娃現在還殘留在隊上，也不認為她會愚蠢到在這個時候還攻擊自己這幾個人就是了。

「好大……」

蓮這麼呢喃。

客船明明還在900公尺前方，卻已經像座山一樣雄偉。實在大得太恐怖了。

不對，如果是山的話，或許就不會有如此巨大的感覺。

因為船是人工物，而且本來不應該在山丘上，所以才感覺特別巨大。

簡直就像魔王的城堡一樣。

想到魔王Pitohui就在那上面，就好像看見她身披黑色披風並發出尖銳笑聲的幻影。

「唉……」

蓮嘆了一口氣。

「嘆氣會讓幸福從身邊溜走喲～」

從後面傳來不可次郎的聲音……

「嗯，已經溜走了。啊啊，Pito小姐為什麼要做出這種事呢……」

蓮沒有回頭，只是無力地這麼回答。

「哎呀，Pito小姐的背叛是系統上不可違逆的狀況。」

不可次郎微微聳肩這麼回答。

M以M14・EBR的瞄準鏡看著客船，同時對不可次郎做出指示。

「不可，妳趁現在把背包裡剩下來的電漿彈頭全部裝填進去。」

「哦喲？為什麼？」

「知道這件事的Pito絕對會瞄準背包。裝到金屬製的榴彈發射器裡還比較能擋子彈。」

「確實有道理！」

不可次郎乖乖地開始把左手上，也就是左子的槍榴彈換成電漿彈頭。這種極為強力的彈頭目前還剩下5發。

蓮趴在草地上，以自己的單筒望遠鏡窺探著豪華客船。這個位置的話，是從斜前方看向船體的右舷側。

蓮看著從地面到最下方的甲板那宛如絕壁一般聳立的船體側面……

「咦……？」

結果就注意到那裡沒有原本應該看得見的東西。

通常客船的入口是在途中的甲板，應該會有直接通往該處的空橋，或者是階梯狀的舷梯，但是完全看不見這些物體。

「M先生……那裡沒有繩梯或者樓梯，到底要怎麼上船呢？不會要爬上那片側壁吧？」

「那沒有相當的攀登技能與道具是不可能成功的。」

「我想也是。」

船的側壁是呈凸出狀，也就是像要覆蓋住頭頂的逆傾斜，所以不是一般人能爬得上去的地方。

「那是在看不見的另一側嘍？」

「我想應該沒有。」

M做出了否定。然後……

「但是我不擔心。靠近之後一定會有小小的入口。」

「哎呀～為什麼能那麼肯定呢？」

交換完彈頭的不可次郎這麼提問。

「那艘船的設定應該是『最終戰爭後的避難船』。既然船已經擱淺在陸地上，那麼裡面的人絕對會想辦法下船。沒有舷梯的話，應該就會在接近地面的地方打開人類能通過的洞。」

「原來如此。」

「喔喔！」

蓮和不可次郎老實地對M的推理感到佩服。

當然也可以想像成「把放下的舷梯拉上去，選擇將自己封閉在這艘船內」的過去，但是這種情況對蓮他們來說實在太難以克服。GGO怎麼說都是遊戲，不可能會出現這種絕對不可能攻略的情況才對。

「只不過，如果是『經過漫長歲月後船體下沉了』的設定，入口就可能被埋住或者相當狹窄。」

確實可能出現他所說的情況。蓮把單筒望遠鏡的倍率調到最大，然後注視著船的側面與草地的交接處附近。結果……

「啊！有了！正如M先生所說的有幾個洞！就在側面……每個大約相隔30公尺吧？」

確實有這樣一個洞。雖然很難看出來，不過應該是爆破側面的鐵板，或者是用焊槍把它切開，總之就是有一般船隻絕對不可能出現的洞穴。

因為沒有對比物，所以看不太出來大小——但絕對算不上大。不過讓一個人通過應該沒有問題才對。

這時M表示：

「很好。接下來的難關就是到達該處並且進入船內的這段路了。」

「原來如此原來如此，我了解了。不過呢，船上的隊伍——」

蓮接下去把不可次郎的話說完。

「看到我們接近，絕對會從上面拚命射擊吧？」

M先看了一下後面，確定還不會被迫進的海洋追上。

然後……

「那是當然了。這座島絕對會沉沒。不進入船內就代表著死亡。背叛者小隊當然也很清楚這一點。所以——」

「所以我們只要以不讓四周的敵隊上船為第一優先事項就可以了！只要能守下最初的防衛線，我們就贏了。」

沒有人對Pitohui的論點提出異議。

六個人離開直升機起降場，小跑步來到右舷的甲板。該處的通路絕對算不上完整，但還不至於有洞穴而無法前進。

大衛把附加槍榴彈發射器的ＳＴＭ—５５６擺在身體前方，同時接下去……

「具體來說該如何防衛？就算要從船舷射擊，也只有TomTom的武器射程比較遠。」

做出相當確實的指謫。

沒有錯。這支小隊只有TomTom的ＦＮ．ＭＡＧ能發射有效射程８００公尺的7.62毫米子彈。

可以連射子彈數量又多，他那把機關槍的攻擊力固然相當可靠，但是——

怎麼說都只有一把，當然不可能顧及如此龐大的客船周圍。

當然也有所有人分頭警戒全方位，然後依序射擊靠近的隊伍這樣的方法，只不過這樣射程會縮短就是了。

但是對方當然也能射擊。

進攻方的人數比我方多出許多，因此也會遇見必須因為躲子彈而縮頭的情況。在交換彈匣時一定會出現空隙。

最慘的是，為了輕量與靈巧度而必須付出射程只有２００公尺這種代價的柯爾，將會面臨一場相當艱困的戰鬥。

「實在是太龐大了……」

伊娃也因為客船過於龐大的體積造成不易防守而苦澀地這麼說道。

「所以呢！」

跑在最前頭的Pitohui以雀躍的口氣表示：

「為了減少防守的區域，首先要限制對方的接近路線。看到側面接近地面處的洞穴了嗎？」

「嗯。」「嗯。」

伊娃與大衛做出回答。這兩個人即使從Flying Platform上也努力地把握狀況。他們知道那對接近的隊伍來說是唯一的入口。

其他三個人沒有參加作戰會議，只是默默跟在後面。理由應該是只要交給強力的三個人即可的安心感吧。

「側面有許多洞穴，沒有時間在所有洞穴上設下陷阱了。」

大衛說得沒錯。

這艘巨大客船裡面應該有通往下方的階梯，現在開始就算六個人再怎麼努力分頭到下面去，然後在大量的洞穴上設置手榴彈——也不可能完成所有的作業。

「那當然是不可能嘍。而且陷阱只要沒有靠近就無法得知了吧？我想毀掉的是入口，想控制的是具有接近路線的區域。那必須從遠方也能夠看得出來。」

「我懂妳的意思，但真的有那麼方便的辦法嗎？」

伊娃這麼發問……

「當然有嘍～就是用這個！」

回答問題的Pitohui停下奔跑的腳步，同時用一隻手「磅！」一聲敲打的是屋頂塗成黃色的小艇——

原來是從這裡一路緊排到船尾附近的逃生小艇。

「M先生，盡可能由多支小隊分別從不同方向突擊比較好吧？」

「是啊。所以聽見某支小隊突擊的槍聲，我們就配合他們。」

「會不會所有小隊都這麼想，結果沒人展開行動？」

「有這種可能。只不過，海洋已經從後面迫近，所以總會有時間限制。」

「原來如此。那接近時，接近客船的小隊間開始戰鬥的可能性呢？」

「不是完全沒有，但一般來說應該不可能吧。」

「嗯，說得也是。搭上船才是第一要務嗎？」

「然後那個時候如果蓮可以當誘餌的話，事情會簡單得多。盡量多吸引一些槍口到妳身上。」

「嗯，你就下令吧。我願意當誘餌。」

蓮與M躲在草原裡繼續開著作戰會議。他們已經擺好一聽見遠方有槍聲就能立刻衝出去的姿勢。

不可次郎則是……

「還沒嗎？」

雙手拿著MGL─140，迫不及待地想要全力衝刺。

「靠近到400公尺時，就讓他們好好地嘗嘗這傢伙的威力。可惜這次沒有煙霧彈！」

這次不可次郎沒有準備煙霧彈。因為根本沒有時間準備。有那個的話，就能用煙霧覆蓋通往客船的突擊路徑，但現在就算後悔也沒有用了。

取而代之的就是這些電漿彈頭。進入射程之後，不可次郎的攻擊力是強大無比。毫不留情地對客船射擊的話，應該可以破壞大量上部構造物吧。

「還沒嗎……？」

塔妮亞如此呢喃著。

與蓮他們隔著一艘船的對面，也就是東南方的位置上，可以看見同樣做好突擊準備的SH

ＩＮＣ。

她們也採取同樣的戰法。只要聽見某處傳來戰鬥聲，就一口氣跑過草原貼在船邊，然後從以雙筒望遠鏡找到的洞穴進入船內。

「海洋距離我們還有１００公尺左右。」

警戒著後方的安娜如此報告，但是不清楚什麼時候海平面上升的速度會加快。

「還沒嗎……」

蘇菲露出險峻的表情，做好隨時可以揮動左手的準備如此呢喃。

這個時候，ＭＭＴＭ的五個人還有ＺＥＭＡＬ的四個人也想著完全相同的事情。

此外……

「會是哪邊呢？究竟哪邊會先衝出去？」

酒場裡的觀眾也一樣。

螢幕上映照著每支小隊的潛伏狀態。同時還能看見海洋不斷迫近。

「不會就這樣所有人被水淹死，然後由背叛者小隊獲勝吧……」

「千萬不要啊！我想看更多的戰鬥啊！難得有這個機會，我想看看船艙內的大戰！」

「哎呀，等一下嘛。不是還有上一屆優勝的強隊Ｔ—Ｓ在嗎？就我目測，海平面就算上升到客船的高度，還是沒辦法到達他們所待的屋頂喔。」

「啊～！我也不想看到這種結局啊！客船和屋頂離這麼遠，到時候該怎麼辦！」

「哎呀，問我有什麼用……製作地圖的傢伙是不是考慮過會有這種情形呢……」

觀眾們擔心ＳＪ３今後發展的十三點八分。

戰況開始出現變化了。

而且是由船上的隊伍主動。

最先注意到變化的是蓮……

「咦……咦？好像有黃色的東西從船上掉下來了。」

聽到她的話後，警戒著側面與後面的Ｍ以及不可次郎就把視線移向前方。

然後就看見了。

黃色船頂的逃生小艇從巨大豪華客船的右舷掉下來。

雖說是逃生小艇，但既然是配置在搭載數千名乘客的巨船上，體積就絕對不會太小。

全長大約有20公尺以上。是比常見的遊艇與漁船大上許多的船。為了在避難時盡量多容納一些乘客，上限人數是三百人以上。

這樣的船就一艘一艘從用起重機與粗大鋼索吊著的船舷掉落到地面。
落下距離大概是15公尺左右。掉落到草地上的逃生小艇就停留在該處。
纖維強化塑膠的強度應該是因為經年累月的折舊而弱化了吧。船體下部出現了巨大的龜裂。這下子已經無法再使用這些船了。
「什麼！被擺了一道……」
M難得流露出感情……
「嗯嗯～？那是在做什麼啊？」
不可次郎則是悠閒地這麼詢問。
蓮他們所看見的是船的右舷，而巨大船體的另一側，也就是左舷也發生了同樣的情況。
橫向並排在一起的巨大逃生小艇，就從船首開始不斷落下。
以雙筒望遠鏡看著這一幕的……
「噠！糟糕！」
MMTM的現任隊長傑克，以及……
「啊！不妙了！」
SHINC的蘇菲就在不同地點發出同樣的聲音。

蓮比M慢了半拍才注意到這麼做的人有何企圖。

因為不斷落下的逃生小艇掩蓋住客船側面的洞穴了。

也就是說——

「啊啊啊！Pito小姐他們把進入用的洞穴塞住了！」

SECT.12

第十二章　尚有時間攻防戰・其之2

「嘿咿！」

Pitohui揮舞著光劍。

光劍是「不知為何」存在於槍枝世界裡的劍。往外延伸一公尺左右的光束，幾乎能夠砍斷任何東西，算是「近距離格鬥戰」最強的武器。

Pitohui的藍白色光劍沒有受到任何抵抗就切斷吊著逃生小艇的幾根粗大鋼索。簡直就像砍空氣一樣簡單。

砍斷前面的鋼索後，逃生小艇就失去平衡而往前傾。再切斷後面的幾根鋼索，小艇就直接掉落。

「看吶看吶看吶！入口要被擋住嘍！」

Pitohui重複在長長甲板上邊跑邊切的動作，不斷讓逃生小艇往下方掉落。

她的相反方向，也就是左舷的地方……

「喲！」

大衛果然也在切東西。他用的是光劍，切的是鋼索。

讓第三艘小艇掉落到地面變成殘骸之後，塗成綠色迷彩的臉上就出現複雜的表情……

「下一艘！」

他又跑向旁邊的逃生小艇……

「嘿呀啊！」

或許是覺得一根一根砍斷鋼索太麻煩了吧，他直接把支撐鋼索的粗大起重機從底部一刀兩斷。

＊　＊　＊

這是稍早之前發生的事情。

「當然有嘍。就是用這個！」

回答問題的Pitohui同時用一隻手「磅！」一聲敲打的是屋頂塗成黃色的小艇——甲板外緊緊排列著的逃生小艇。

「啥？」

「什麼？」

伊娃與大衛一起歪著脖子。

剩下來的三個人也像要表示「聽不懂妳在說什麼」般，以冰冷的眼神看著Pitohui。

「什麼～聽不懂嗎？很簡單啊！把這個掉到船的邊緣喲！掉下去塞住入口！把並排在一

起的小艇全部弄掉的話，能夠進入的洞穴就會少很多吧？這樣就只要守住前面與後面就可以了吧？」

「確實是這樣沒錯……」

伊娃開口說話了。

「原來如此。嗯，到這裡都還能夠理解。」

大衛也點了點頭。然後……

「但有時間一艘一艘把它們放下去嗎？沒有電源的話，就必須用手動絞盤把它們放下去喔。」

「大衛，這樣不行啦～你過於一板一眼的個性還是沒有改。為什麼要老老實實地把它們放下去呢？」

「要妳管！那妳有什麼方法？」

這時候一直保持沉默的柯爾提出問題。

「用手頭上的手榴彈把它們轟飛？」

「噗噗！答錯了。」

接著換艾爾賓。

「用槍把吊著船的鋼索射斷嗎？」

「哪辦得到啊！不過差一點就猜中了。」

最後TomTom……

「我知道了！用機槍把起重機射斷吧！交給我吧！」

說著就把FN．MAG用力提起來……

「住手！」

Pitohui急忙把他的槍口按下去。

「噠～！你們這幾個傢伙真是死腦筋！沒有看過上一屆的影像嗎？就是我在圓木屋的華麗戰鬥模樣啊！」

Pitohui傻眼到下巴都掉下來了。難得她會露出這樣的表情。

然後從她腰部後面的包包拿出來的是一把光劍。名稱叫作「村正F9」。

只不過在沒有起動的狀態下就只是銀色的鐵管。

「原來如此。用那個把鋼索砍斷就可以了嗎？」

伊娃表示理解……

「一個人要完成會有點辛苦，不過就拜託妳了。」

然後又加了這麼一句。把責任全推到對方身上。

「NONONO！沒有時間了，所以要兩個人同時進行。我負責右舷，大衛是左舷。」

「什麼！」

遭到指名的大衛真的嚇了一大跳，這應該是今天最讓他吃驚的事情了吧。

「妳在說什麼啊？Pito——」

「好了好了，不用再裝傻啦。你也有吧？光．劍！」

「…………」

「上次像小魚串一樣被我貫穿頭部之後，懊悔到每天晚上都淚濕枕頭吧？當然，這次也燃燒著復仇之火的你，一定會花大錢買一把光劍吧。有機會的話，一定會用那把劍把我砍死！」

「…………」

大衛一直保持著沉默……

「是這樣嗎？」

艾爾賓忍不住對他這麼問道。

「…………」

渾身顫抖了五秒鐘左右，大衛才終於從纏在腰部的包包裡迅速拿出帶著金屬光澤的暗灰色光劍劍柄，延展出紅色光刃後開口大叫著：

「左舷對吧！」

＊　＊　＊

看著不斷掉落的逃生小艇……

「蓮、不可，要上了。我一射擊就衝出去。每隔三秒就變換方向往前跑。靠近到某個程度後，不可就開火。只要擊中船讓對方低下頭就可以了。蓮妳先進入客船裡面也沒關係。」

認為已經無法繼續待在此地的M，立刻就做出決定。至少要趁砍落逃生小艇的人還在忙的期間，對客船發動襲擊作戰。

「了……了解！」

「遵命！」

維持蹲姿的M架起M14・EBR後，就對著有效射程之外的客船……

噹嗯、噹嗯、噹嗯、噹嗯、噹嗯。

以半自動模式有規律地開了5槍。

「噠！」

「要衝嘍！」

兩個小不點從潛伏的草地衝了出去。

「聽見了吧?應該是蓮他們!我們走!」

聽著遠方響起的槍聲……

「哦!」

「突擊!」

「終於要上了嗎!」

SHINC展開行動了。

為了慎重起見,羅莎以PKM機槍連射了三秒鐘左右作為對其他小隊發出的訊號。

「有動靜了。我們也上吧!」

「嗯,也只有衝了!」

「吶喊!」

「太好了!」

MMTM的五個人開始進攻。

當然ZEMAL和TOMS——

也從各自從所在地朝客船突進。

等待著伙伴背叛的ＴＯＭＳ的二個人其實不想進攻……

「可惡！」

但是繼續待在原地也只會溺死，所以也只能往前衝了。

「來啦！」

諷刺的是，是由來自ＴＯＭＳ的柯爾最先看見突擊過來的小隊。

他遵從Pitohui的指示，擔任監視周圍的工作。

他發揮自己的敏捷度衝上樓梯與繩梯，甚至移動到最上部桅杆的頂端。

那裡距離地面大概有１００公尺以上，可以說是相當恐怖的高處。頂端設置了由扶手包圍住，大概有三張榻榻米大小的瞭望台，柯爾就在那裡以附加了距離計算器的雙筒望遠鏡，對周圍進行３６０度的警戒。

「報告位置和特徵。」

Pitohui一邊砍落依然殘留著的逃生小艇一邊如此命令。

「右舷前，粉紅色小不點。左舷前是娘子軍！左舷後——應該是ＭＭＴＭ。ＺＥＭＡＬ從幾乎是正後方而來，右舷後方則是我原本隸屬的小隊！」

雖然很不願意讓伙伴們陷入危機，但也不能在這個時候說謊而喪失信用。柯爾如實地報告以雙筒望遠鏡看見的情況。

「謝啦！果然跟掃描一樣！」

聽見Pitohui的道謝後，柯爾就開始思考了起來。

跟掃描一樣的話，不就早知道位置了嗎？那為什麼還要我報告？

不知道是不是看穿他內心的想法了……

「這樣就可以確定，各小隊之間目前沒有合作。」

Pitohui又繼續這麼表示。

啊，原來如此……

柯爾對自己半吊子的判斷感到可恥。

複數小隊一起攻過來的話，從同一個方向發射過來的子彈也會增加，當然也會比較容易衝入船內。掃描之後到現在的這段時間裡，確實應該考慮到他們在乘船前暫時休戰並且攜手合作的可能性。

那個臉上有刺青的大姊果然很厲害。

柯爾老實地稱讚對方之後，想到自己最後會從背後射擊這麼厲害的玩家就感到一陣興奮。

「我這邊幾乎結束了！小衛衛，你那邊呢？」

「妳這傢伙太快了吧！我才砍完一半！還有，別用那個名字叫我！」

「是是是，對不起喔。不過你不快一點的話，會被前隊友幹掉喲。那些傢伙很擅長室內戰吧？」

「我知道！」

Pitohui與大衛就在巨大客船的左舷與右舷持續揮舞著光劍。

雖然聽得見射擊客船的槍聲，但是彈道預測線與子彈都還未到達他們身邊。

相對地……

「哦啦哦啦哦啦哦啦哦啦啊啊！」

咚喀咚喀咚喀咚喀咚喀咚喀咚喀咚喀咚喀。

TomTom的FN・MAG開始發出吼叫聲。

趴在船尾甲板上的他，以架在兩腳架上的愛槍射擊的是從正北方靠近的敵方小隊。也就是他原本隸屬的ZEMAL。

「各位，接受我的機槍愛吧——！你們的機槍愛比我更強的話，就試著把我擊倒啊啊啊啊啊啊！」

TomTom熱血的叫聲不顧BTRY五名成員的意願直接衝進他們的耳裡。

透過通訊道具聽著他的吼叫聲——

嗯，那個人腦袋有問題。

哎呀，那個人也是腦袋有問題。

這支背叛者小隊裡只有怪人嗎？

艾爾賓打從心底這麼想著，同時重重坐到甲板上，確實把ＸＭ８靠到扶手上後擺出射擊姿勢。

目前他正在客船的右舷前方。也就是直升機起降場前面的位置。

拆下消音器的ＸＭ８槍口對準的方向是ＬＰＦＭ突擊過來的地方附近。

Ｔ—Ｓ使用的全罩式頭盔內藏了望遠裝置。因為可以擴大視界，所以不需要拿起頭盔來使用雙筒望遠鏡也能看見遠方。

乍看之下相當方便，但代價是視界比平常狹窄了一些，所以也不是絕對有利。

放大的視界當中，可以看見粉紅色小點迅速在眼下一大片草原上移動。測量距離後發現仍在愛槍的射程之外。希望至少能拉近到４００公尺。

當他這麼想的瞬間。

１發子彈在沒有彈道預測線的情況下飛過來。

命中了艾爾賓的頭部……

喀嘰！

爆出火花與鈍重的聲音後往左斜後方飛去，陷進了客船的外牆當中。槍聲是來自後方。

艾爾賓嚇得失去平衡……

「嗚哇！」

雖然嚇得直接往後倒去——

但是ＨＰ完全沒有減少。

Ｍ靠近到距離客船７００公尺的位置時就先停下腳步，然後一屁股坐到地上。

他以巨大背包支撐著背部，將Ｍ１４・ＥＢＲ放在往前伸的右膝上，慎重地瞄準後開槍射擊。目標是科幻士兵般全身護具的男人。

由於風勢完全停下來了，子彈就按照他瞄準的位置飛去並擊中對方的頭部，但是——

看見對方立刻起身，Ｍ就知道子彈被彈開了。即使在這種距離下射擊，也無法貫穿對方全身的護具。

「比想像中還硬呢。」

雖然看了上屆的影像來做研究，但是根本沒有他們實際被擊中的鏡頭，因此無法得知他們的防禦力。不過現在知道了。

如果能擊中手肘或膝蓋後方等「可動部位裝甲的縫隙」，或許就能造成傷害，但是就連M也不可能在這種距離下瞄準那麼渺小的地方。

應該說，不論什麼樣的角色都辦不到。在沒有著彈預測圓的輔助下，700公尺狙擊的第一發子彈就命中目標的M已經很厲害了。

M很乾脆地停止射擊，巨大身軀站起來之後再次開始跑動。

眼前的蓮與不可次郎已經更加靠近客船了。

「現在最近的是粉紅色小不點！距離450公尺！」

「了解！交給我吧！」

Pitohui聽見柯爾的報告，就先把光劍收了起來。接著將揹著的KTR—09拿到身體前方擺出射擊姿勢，開始搜尋右舷前方的粉紅色身影。

當她一發現對方——隨即開火。

用的是毫不留情的全力全自動射擊。

拉桿來回移動將空彈殼排出，槍聲使得客船的窗戶產生震動。

Pitohui靠著強大的力量抵抗著猛烈的後座力。

沒問題！就維持這樣！不過真的很巨大耶……

即使對不斷靠近的豪華客船那龐大的體積感到驚訝，蓮還是感覺到作戰成功了。

只剩下400公尺左右的距離。

至今為止都是以呈閃電狀來奔跑，所以多跑了不少冤枉路，接下去應該直線奔跑就能衝過這段距離了吧，蓮內心這麼想著。

由於逃生小艇掉落到地面，似乎只有船首附近才存在能夠進得去的洞穴，不過對於從斜前方靠近的己方來說，最近的洞穴本來就是那裡，所以沒什麼差別。

「沒問題了！M先生，我現在一口氣衝過去！」

蓮才剛這麼報告完……

「停下來！Pito瞄準妳了！」

就聽見在後面監視的M這麼大叫。

如果不是他出聲警告，蓮應該筆直地衝過去了吧。

然後就會被如雨般降落到該處的彈道預測線與某顆子彈貫穿身體。

面對降落到眼前轟起許多雜草的數十發子彈……

「嗚呀啊啊啊！」

原本奔跑著的蓮就像狗看見比自己強大的對手時一樣瞬間改變方向，然後在原地轉了三圈。

從後面看著這一幕的不可次郎……

「哦，真可愛。」

「粉紅色小不點不停地轉圈圈。」

聽見柯爾的報告……

「ＯＫ！之後就交給艾爾賓了。就算沒射中也沒關係。只要用全自動模式在周圍掃射就可以了。用預測線來加以牽制。」

「我……我知道了！這點事情我應該辦得到！」

「很好，加油吧！」

Pitohui重新揹好ＫＴＲ—０９，再次叫出光劍的劍刃回到砍落逃生小艇的作業上。

得到鼓勵的艾爾賓再次架起ＸＭ８，然後開始對粉紅色小點灑下子彈。

「可惡！沒辦法靠近！」

蓮被迫停下腳步。

距離客船還剩下400公尺左右的距離。由於有大量的紅色彈道預測線，以及沿著這些線條飛過來的子彈接近，所以光是要避開它們就相當吃力。

由船首附近射擊的對手所使用的武器，從輕快的聲音與彈道特性來看，應該用的是5.56毫米等級的突擊步槍。子彈以低緩山脈般的彈道快速飛至，最後迅速落下。

繼續靠近客船的話，很可能會被子彈擊中。編組站可以四處逃竄，所以要躲開子彈相當容易，但知道前進方向的現在就很困難了。

因為幾乎是在有效射程的極限處，所以威力已經降低了不少，HP已經完全回復的現在，或許也不會一擊就斃命——但跌倒之後遭到狙擊手狙擊的話可不是開玩笑的。

「不可呢？可不可以往那艘船上面轟一發槍榴彈？」

蓮請求待在後方50公尺左右的不可次郎以砲火支援自己，但是……

「嗯～還有點遠耶。會掉在前面喔。然後我是那種不浪費子彈的女人耶。」

「那妳要不要到前面來？不可是站在舞台最前面才能夠發出光芒的女人喲！我覺得啦！」

「就算用倒置法來稱讚，不願意的事情就是不願意啦。我不像蓮那麼敏捷，搞不好在發光之前就會被擊中了。」

「咕嗚……」

蓮閃避著子彈，同時換成向M求援。

「M先生，從那裡也沒關係。能夠狙擊那個敵人嗎？」

「我已經在做了。」

「哦？——然後呢？」

「對方全身都是護具。雖然擊中，但是被彈開了。」

啊，是那些傢伙嗎！不對，是那些傢伙之一嗎！

當蓮這麼想時……

「啊，是那些傢伙嗎！不對，是那些傢伙之一嗎！」

不可次郎也同時開口這麼說道。兩個人真是心有靈犀。

看來之前跟他們是有一些過節。

距離客船還有550公尺。

M再次沉下腰部擺出狙擊姿勢。調成最大倍率的瞄準鏡，映照出比剛才大上許多的科幻護具男……

噹嗯、噹嗯。

M很有節奏地開了2槍。

對方的右肘與左臂上的盾牌爆出火花。

「我做了支援狙擊。這樣對方會有所顧忌嗎？」

Ｍ對蓮以及不可次郎這麼說道。如果對方因為這樣而嚇得趴下，蓮她們就能趁機接近，情況也會變得輕鬆多了——

但船上依然繼續開火。穩穩坐在船緣架著槍械的男人，已經不在乎被子彈擊中，只是拚命開槍射擊。

「不行嗎……」

只要槍不被弄壞就好！

即使心跳像打鼓般快速，艾爾賓還是告訴自己只要注意這一點就可以了。

盤腿坐在船緣，把ＸＭ８的槍身靠在扶手前端，盡量不讓敵人看見槍的正面。當然，為了盡可能減少槍被擊中的可能性，他還用左手上的盾牌抵擋從側面的攻擊。

雖說全身戴著護具，但頭部與身體不斷被Ｍ的7.62毫米子彈擊中依然是相當恐怖的事情。即使擋下擊中身體的子彈，衝擊還是會傳到身上，也可能因為擊中的部位而變成遭到毆打並損失ＨＰ。

但是只要自己在這裡「挺身」撐住戰線，就能夠阻擋強敵ＬＰＦＭ靠近客船。

現在雖然隸屬於其他小隊，但這同時也是T—S小隊的戰鬥。

我可是上屆優勝的隊伍！雖然是靠坐收漁翁之利！

XM8因為瘋狂射擊而過熱，從槍身冒出了白煙，但艾爾賓還是繼續開火。

「很好，右舷全部砍落了！」

砍落最後一艘逃生小艇的Pitohui，一邊把消除劍刃的光劍收到背後的包包裡一邊全力跑了起來。

「娘子軍從左側過來了！距離500公尺！」

聽見柯爾的聲音後……

「好！我過去支援嘍！」

她便從右舷甲板往船首方向及奔。

跑了300公尺左右，最後橫越船內通路前往左舷。Pitohui再次回到直升機起降場前面的空間。

伊娃雖然在那裡，但這樣的距離對她那把有效射程是400公尺的VSS來說，只是在浪費子彈。

伊娃警戒著安娜與冬馬以德拉古諾夫狙擊槍進行狙擊，不時地從船緣厚厚的鐵板後面探頭窺看情況。

「嗨！不願射擊同伴嗎？」

「沒這回事。」

Pitohui穿越伊娃左側抵達左舷邊緣後，就舉起KTR—09擺出射擊姿勢，開始手下不留情的全力射擊。

對於慢慢逼近到450公尺左右的SHINC，發射了宛如蓮蓬頭灑水般的大量子彈。

應該只是偶然吧，Pitohui發射的一發子彈——

命中拚了命奔跑的羅莎腿部……

「咕啊！」

讓她連同PKM機槍一起滾倒。

「可惡！」

安娜邊避開彈道預測線邊一屁股坐了下去。

雖然用德拉古諾夫的瞄準鏡移向客船左舷發光的槍火，但是在瞄準之前對方就先隱藏起身體了。

過了三秒鐘後，就從不太一樣的地方再次開始射擊。
沒有時間穩定下來進行狙擊，只能滾動身體逃走的安娜……
「那傢伙真難纏——到底是誰？」
忍不住開口這麼大叫……
「嗯，總之不是老大。因為聽得見槍聲。」
為了不被擊中而左奔右跑的塔妮亞這麼回答。

「嗚啦啊！很好——全部砍掉了！」
左舷這邊的大衛也讓所有逃生小艇都掉落到地面。這樣除了船首與船尾之外，應該就沒有能夠進入客船的入口。同時也沒有能夠使用的逃生小艇了。
「左後方！迷彩集團過來了！剩下不到400公尺！」
聽見來自柯爾的報告……
「那就由我來負責吧！」
大衛把揹著的愛槍，換上長槍身的STM—556拿到身體前方如此回答。
Pitohui這個臭傢伙！為了讓我攻擊原本的隊伍而把我配置在這裡！
心中這麼痛罵著，同時宛如疾風般跑過數十公尺的大衛，在跑動中直接發射槍身下方的槍榴彈發射器。

「槍榴彈！」

粗大的拋物狀彈道預測線正是槍榴彈發射器發動攻擊的證據。

跑在前頭的健太一發出警報，所有人便先看向空中，然後當場趴了下去。

看向天空是為了確認預測線。就算沒有碰到預測線，只要著彈地點在附近，槍榴彈爆炸後就可能會在碎片的殺傷範圍內。為了防止這樣的傷害，就只能盡快趴到地上。

磅轟！

槍榴彈幾乎是在跑動的四個人中央爆炸。

「真危險！」

被轟上天的土石與雜草紛紛掉落在最近的薩門身上。如果還站著奔跑的話，一定會被碎片雨從側面擊中。

「槍榴彈！」

短短三秒鐘之後，又一發槍榴彈飛了過來。

這次差點直接擊中波魯特。

「嗚哇啊！」

如果沒有爬起來全力逃走，他的虛擬角色已經被轟成碎片了。

雖然沒有立即死亡，但是有幾塊碎片陷入波魯特的背部。同時不斷有狙擊的子彈飛過來……

「痛！」

側腹中了一彈的他整個人跌倒，ＨＰ合計消失了四成左右。

不想讓武器受到損傷而抱著ＨＫ２１機槍趴下的傑克……

「槍榴彈與狙擊的組合！」

嘴裡發出悲痛的叫聲。

以槍榴彈發射器發射的槍榴彈著彈後，短時間內就擺出穩定射擊的姿勢，對閃避的對手進行精密狙擊一向是大衛擅長的戰法。

「那一定是隊長！怎麼會這樣！可惡啊！」

聽見傑克的哭訴之後……

「錯了。現在的隊長是你喲。啊哈哈哈哈……」

健太就開起了玩笑。

「喂喂！現在是開玩笑的時候嗎！」

「不笑的話哪撐得下去啊！」

戴著太陽眼鏡的勒克斯聽著伙伴的爭執……

「…………」

同時在趴著的草地上極為緩慢地移動。

待在一群人當中最後方的勒克斯仍在槍榴彈發射器的射程之外。而對方則是在愛槍MSG90的射程內。

勒克斯把槍架到肩膀上後，為了不被發覺到動作而慢慢、慢慢地瞄準客船的船尾。

他在瞄準鏡的視界當中，徹底地搜尋著巨大客船——

「可惡……」

但還是無法發現躲藏起來的敵人。

那艘船實在太過巨大，可以隱藏的地點實在太多了。

「左後方，MMTM的行動停止了！海洋也迫近到剩下600公尺左右！很順利呢！」

柯爾以雙筒望遠觀看狀況並高興地大叫，他腰部的MP7A1也跟著搖晃。

雖然柯爾自從上船之後就沒有開過火，但他確實承擔起最重要的工作。

「幹得好！柯爾。」

而他也得到了Pitohui的稱讚……

「謝謝！」

柯爾反射性這麼回答，內心同時想著。

等等，不能夠說「謝謝」吧。如果我們就這樣獲勝的話怎麼辦……必須找機會盡快背叛才行……

在這麼想的同時，也打從心底祈求著。

伙伴們，在那之前千萬不要死啊。

必須保持360度警戒的柯爾，總是按耐不住心情，不由得往同伴所在的船尾方向看了好幾次。

船尾方向，或者可以說北側500公尺外的草原上，兩支小隊發生了邂逅。

輕量裝備的飛毛腿三人小隊，也就是TOMS往附近的ZEMAL跑了過去。

「喂喂！別開槍！別開槍！」

面對拿著槍邊揮手邊靠近的幾名男人……

「啥啊？」

一邊避開前伙伴的射擊一邊在草地上前進的四名ZEMAL成員暫且停下了腳步。

由於他們完全沒有注意到對方接近，所以TOMS的三個人只要願意就能擊中他們了吧。就算無法把四名ZEMAL的成員全部打倒，至少也能幹掉兩個人才對。不過和剩下來的兩個人拚火力的話，他們應該會輸。

在隔著20公尺左右的距離下，兩支小隊的人馬沒有互相開火，而是隱身在草叢裡開口交談。

使用HK53的TOMS隊長……

「我們一起進攻船尾吧！」

沒錯，他大聲地向對方搭話。

武器是M240B，算是隊長的休伊這麼回答：

「嗯？你的意思是？」

「你應該知道吧？不搭上那艘船的話，我們絕對會溺死！都活到這個時候了，你們也不願意死得不像一名戰士吧？所以在衝上船之前，我們暫時休戰吧！」

進行對話時，海洋也不斷從他們身後迫近。

現在距離客船最遠的是這兩支小隊。而這同時也意味著他們距離海洋最近。距離慢慢靠過來的海岸線大概還有數十公尺左右吧。

當然，他們前進的速度之所以這麼慢，完全是TomTom所致。

由於他在船尾甲板的高處無情地撒下子彈，所以無法隨意前進。只能說真不愧是機關槍。

這種能夠壓制面的槍械完全發揮出它原本的實力。

當然ZEMAL因為是TomTom過去的同伴，所以很清楚這件事，在能夠射擊時也是毫無顧忌地反擊回去——但TomTom總是閃避彈道預測線並變更位置，然後再次死命地反擊。

休伊這麼對TOMS的隊長說道：

「嗯……原來如此、原來如此。我了解你想說什麼了。話說回來，你們喜歡機關槍嗎？」

「啥？不是吧——對我們來說速度就是生命。所以很遺憾，我沒辦法喜歡沉重的槍械。」

「那就沒辦法和一起戰鬥了。我們不是同伴。既然不是同伴，那就是敵人。所以去死吧。我的機槍就是這麼呢喃的。」

「啥啊啊啊啊？」

TOMS的隊長發出驚嚇的怪聲……

咚喀咚喀咚喀咚喀咚喀咚喀咚喀咚喀。

四名站起來的ZEMAL成員，四把機槍開始全力的全自動射擊。

在沒有掩蔽物的草原上，沒有人能夠從這陣彈雨底下逃離。

不論奔跑的速度再怎麼快，辦不到的事情還是辦不到。

「嗚哈哈！在這時候開火嗎！」

「嗯！這才叫作大混戰啊！」

「幹得好，機關槍狂人！」

TOMS全身中彈，像個戰士般死去的模樣，在酒場當中贏得了熱烈的喝采。

「為！為！為什麼啊啊啊啊啊啊啊啊啊啊！」

TOMS全滅然後消失的模樣，引發柯爾發出驚天的吼叫。

柯爾在雙筒望遠鏡的圓形視界當中看見了。看見三名「伙伴」全身閃爍著紅色著彈特效光，成了名符其實的蜂窩後，像條破抹布一樣癱到草原上的樣子。

開槍射擊的是旁邊那幾個剛才還在說話的機槍手。

對柯爾來說，這就是在交涉途中的謀殺，也是卑鄙的偷襲。

「那些傢伙————————！」

看見這種景象之後，還能夠保持冷靜而不放聲大叫嗎？不，辦不到吧。

「怎麼了？」

即使Pitohui冷靜的聲音透過傳入耳朵內，柯爾也沒辦法立刻回答她。

「可惡……那幾個傢伙……」

瞪著船尾方向發出聲音的柯爾……

「噢，原本的隊伍被幹掉了嗎？我想你一定很難過吧，不過一直看著船尾方向的話，你會掛掉喲。好好地警戒四周圍的預測線。」

又聽見Pitohui傳來這樣的聲音。

這時候柯爾——

啥啊？妳說預測線？

我可是在船體中央的最上方喔。

那個笨女人，這裡怎麼可能遭到狙擊呢！

夠了，我就從這裡下去然後把每個人幹掉吧！

船內戰鬥的話，對於敏捷性占優勢而且武器又小的我最有利！

看我的！我要把剩下的人全部幹掉！

說出口的話就會被通訊道具傳出去，於是他便在心中這麼大叫。

完全陷入自暴自棄模式的柯爾——

如果確實遵照指示仔細地警戒周圍的話，應該很容易就能注意到刺在側腹的彈道預測線了吧。

直徑14.9毫米，長51毫米的巨大子彈一邊發出低吼一邊飛過漫長距離，最後陷進柯爾的右側腹。

著彈的同時其動能就在他體內擴展開來，讓他的身體整個膨脹。身體一旦承受不住壓力就會破裂。

瞭望台上的男人，上半身就從內側爆炸了。

他的雙手、頭顱和ＭＰ７Ａ１分別落在不同的地方。

ＢＴＲＹ小隊的首名戰死者，就在說不出任何話的情況下立刻死亡。

ＳＨＩＮＣ必殺的大砲——ＰＴＲＤ１９４１反坦克步槍的咆哮，宛如雷鳴般強烈震動現場。不論在客船的哪個地方都能聽見這道聲響。

看見視界左端同伴的ＨＰ條後……

「啊啊真是的！我不是說了嗎！柯爾戰死。各位，『眼睛』被幹掉了喲。」

Pitohui便恨恨地這麼說道。

「太好了！幹得漂亮！終於射中了。」

盤腿坐在地上，借出肩膀當槍座的蘇菲……

「呼……」

發言慰勞著身後一次就漂亮完成遠距離狙擊的射手冬馬。

兩人所在位置是客船左舷中央的正旁邊。距離為４００公尺。

她們兩個人從剛才就離開ＳＨＩＮＣ的成員然後不斷地北上。

理由當然是為了打倒持續在客船中央最上部進行監視的敵人。因為只要沒有那個哨兵的報告，不論是自己的小隊還是其他小隊，應該就能更輕易接近那艘船才對。

但要辦到這件事就必須靠近目標。從斜向無法攻擊到全長５００公尺的巨船最上部。無論如何都必須到正旁邊的位置才行。

離開幫忙大動作射擊、移動、佯攻的同伴，兩個人好不容易才在沒被發現的情況下移動到這裡。

蘇菲把ＰＴＲＤ１９４１從倉庫欄拿出來實體化。冬馬雖然擺好姿勢，但手指還不能觸碰扳機。因為一旦出現彈道預測線就一定會被躲開。

男人小心翼翼地環視著周圍。兩人甚至認為沒有射擊的機會了。而海洋已經迫近到她們背後。

緊接著，突然間最初且最後的機會就來臨了。

男人凝視著船尾僵在現場。

冬馬冷靜地完成瞄準並且開火。

最後成功殺掉了男人。

現在海洋已經接近到兩人後方5公尺處。

「剩下5發子彈——怎麼辦？」

聽見冬馬的問題……

「別擔心，目標這麼大。只要開槍的話，連我都辦得到。」

蘇菲便笑著這麼回答。

「那……我走了。再見嘍。」

冬馬笑著留下這句話，然後單手拿起愛槍德拉古諾夫全速跑了起來。

看著她的背部一秒目送她離開後——

蘇菲就抓住殘留在草原上那個裡頭裝了5發子彈的肩包站了起來。她把肩包掛在肩膀上。

接著用右手拿起PTRD1941。

一瞬間前還放著肩包的地點，現在已經變成海洋。

蘇菲把長槍身的前端放在草地上，用左手把下一發子彈裝入槍內，再將又大又沉重的槍機往前推。

雙腳逐漸陷入海中的女矮人，將又長又重的槍保持在巨大身軀的腰部位置。看起來就像是擺出射擊姿勢一樣。

目標是客船。蘇菲的視界裡出現猛烈晃動的著彈預測圓。圓形與船重疊在一起了。

咚喀嗯。

開槍的同時，槍機就因為後座力而退下。空彈殼也跟著掉落。客船邊緣隨即爆出巨大火花。

再次裝填。

咚喀嗯。

再次裝填。

咚喀嗯。

再次裝填——

「到此為止了嗎……各位還有老大，加油喔。」

海水已經漲到蘇菲的腰部，這時她再也無法射擊了。

全身溼透的她，ＨＰ減少的速度越來越快了。

海水最後來到她的頭頂，放開步槍的身體就這樣無聲地沉了下去。

＊　＊　＊

時間稍微回溯一些，在柯爾被擊中的數十秒前——

「發現了！」

拚命尋找大衛身影的狙擊手勒克斯這麼大叫。

船尾附近的客房大樓，從散步道甲板往上算三層的某個露臺。那邊某扇破掉的窗戶陰影處能夠微微看見槍口。

勒克斯沒有一絲猶豫。

「各位，我開始射擊就衝出去！要全力衝刺！豁出去了！」

「啥啊？那你怎麼辦？」

勒克斯立刻回答了健太的問題。

「我在這裡讓隊長無法探頭，不然我們所有人不是溺死就是被炸死。」

「不是吧，等一下！你自己會溺水喔。看到後面了嗎？」

「嗯嗯。」

「還『嗯嗯』哩！」

「但是，如果隊長在這裡的話，他應該會下達這種命令吧？」

「…………說得也是……了解了。」

ＭＳＧ９０發出尖銳的吼聲。

施放出去的7.62毫米彈飛進船內——

「嘎！」

閃避預測線的大衛，右臂被刨開了５公分左右。而這也讓他失去了７％的ＨＰ。

大衛一個轉身就躲開幾乎飛到同一個地點的第２發與第３發子彈……

「有一套！勒克斯！」

首先稱讚了敵人……

「TomTom，幫忙掃射船尾左舷！要注意狙擊手！」

然後要求另外一名可以往這個方向射擊的可靠伙伴提供火力支援。

但是沒有得到回答。

「TomTom？」

＊　＊　＊

時間稍微往回拉，在柯爾被擊中的幾十秒前——

咚喀咚喀咚喀咚喀咚喀咚喀咚喀咚喀咚喀咚喀咚喀咚喀咚喀，咚喀嗯。

為了不讓過去的伙伴靠近而以FN・MAG射擊的TomTom……

咚喀咚喀咚喀咚喀——喀鏘。

把子彈射光了。

從機槍左下方往下垂的長長彈鏈已經告罄。

「哎呀，裝填時間到了。」

TomTom很高興地放下背上的背包，接著蹲下來看向裡面。

飛過來的一發子彈貫穿了他的頭巾。

「嘎？」

TomTom失去力量的頭重重地落進整個打開的背包中，然後再也不動了。

「哦？是我的子彈嗎？」

不停開火的Sinohara，放下肩膀上的M60E3這麼說道……

「嗯，剛才的子彈命中了！太棒啦！」

看著雙筒望遠鏡，武器是Minimi機關槍的黑人——麥克斯以高興的口氣這麼報告……

「打倒『敵人小隊』的機槍手啦！」

「太好了啊啊啊啊啊啊啊啊啊啊啊啊啊！」

「打倒最強敵人了啊啊啊啊啊啊啊！」

身體上到處是閃亮著彈特效的四名男性，全都以極為高興的態度發出盛大喝采。

鼻子上貼著膠帶的彼得，隨即用內蓋夫朝天空瘋狂開槍來當成慶祝的煙火。

緊接著……

「但是，接下來怎麼辦？」

算是隊長的壯漢休伊這麼回答。

「打倒最強敵人後就很無聊了，那就不用繼續攻略那艘船了吧？」

「嗯，總覺得不用那麼拚也沒關係。接下來該怎麼辦？」

「乾脆我們自己玩吧？」

「嗯，說得也是。」

「贊成。」

酒場的觀眾們……

「…………」

就以不敢相信的眼神看著眼前出現的光景。

ＺＥＭＡＬ的男人們全在草原上嬉鬧。他們奔跑、互相追逐，並且互相射擊。

客船的後方有大量子彈往四面八方飛去。曳光彈自由自在地畫出光線。

第一個人倒下去了。第二個人倒下去了。他的笑容相當炫目，看起來就像個孩子。存活下來的男人，海水開始洗淨他的腳。但還是繼續瘋狂地射擊。第三個人倒下去後，最後一個人就單手高舉機關槍，對著空中死命開火。

他就保持著這種模樣，靜靜地被海洋吞沒了。

酒場的觀眾們……

「…………」

就以不可置信的眼神看著眼前出現的光景。

SECT.13 第十三章　Close Quarters Battle

從顯示在視界左角的圖示得知TomTom的HP消失了後……

「哎呀！防禦只能到此為止了嗎？」

Pitohui便這麼說並且對趴在距離10公尺左右處的伊娃使了個眼色。

羅莎以PKM機槍射擊的子彈，正沿著彈道預測線不停往她們兩個人趴著的直升機起降場上飛來。

「要讓敵人進入船內嗎？」

伊娃這麼詢問。

「沒錯。」

Pitohui立刻回答。

「在小隊人數繼續減少之前，先聚集起來然後撤退吧。已經獲得不少戰果了。」

在左舷後部被勒克斯盯住而無法探出頭與槍械的大衛……

「要回歸大混戰了嗎？嗯，好吧。」

這麼說著並贊成Pitohui的意見。

MMTM已經來到近處了，就算現在露出臉來射擊，也不可能把他們全部幹掉吧。

只有現在還撐在那裡的勒克斯，會來不及逃走而被海洋淹死——

幹得好啊。

大衛稱讚著過去的伙伴們。

接下來將面臨的船內戰鬥，交戰距離應該會變得很短，所以狙擊手的優勢將會減少。

如果他一個人的犧牲，就能換得使用機槍與突擊步槍的其他四名成員登船，那確實是不錯的作戰。自己也會採用這種戰法吧。

「集合地點是哪裡？」

聽見大衛的問題後……

「那就到艦橋吧。艾爾賓，聽見了嗎？」

「啊，是的！」

「不用到左舷來也沒關係，最後掃射完一個彈匣後就到裡面去。然後爬上階梯，到最上層甲板的最前方。」

「知……知道了。」

在右舷監視著蓮等人的艾爾賓，最後對著粉紅色小不點活動的地方附近亂射了30發子彈，隨即站起身來逃走。

M的子彈雖然朝他飛來，還是被肩膀的護具彈開了。

「敵人撤退了！兩個人快點跑！不用攻擊了。」

「了解！」

「好喲。」

蓮和不可次郎開始在草原上奔跑。

距離還剩下400多公尺。對方不攻擊的話，當然只要直線往前跑。

「我會立刻跟上。」

M把M14・EBR抱在身體前面，從後面追著兩人的背影。這時海水已經上升到M腳踝的位置了。

M奔跑的速度與海水前進的速度相同。

從酒場裡的影像可以看見，M雖然晃動著巨軀拚命奔跑，但身後海岸線的位置卻完全沒有改變這種宛如視覺陷阱般的構圖。

「喂喂，來得及嗎！」

「快點！快點！」

「M！你不是會死在這種地方的玩家啊！」

觀眾們的心跳加快了。

其他螢幕播放著BTRY的現況。

首先是在桅杆上死亡，四散的身體恢復原狀後，屍體露出安穩睡臉的柯爾。

然後是船尾甲板上，頭部插進大背包，變成奇異裝置物般一動也不動的TomTom。

剩下來的四個人裡，Pitohui與伊娃止在船內爬著樓梯。觀眾們是首次看見船內。裡面雖然有不少髒汙，但依然具備電力，所以相當明亮。

大衛在船中央的縱向巨大長中庭裡全力奔跑中。

艾爾賓則是挺著因為加裝護具而膨脹的身體，在狹窄通道中東撞西撞來前進著。

最初成功進入船內的是MMTM的「四個人」。

使用G36K的健太率先抵達洞穴前方警戒著內部。他邊跑邊操縱倉庫欄，取出強力的手電筒裝在槍械左側。

這是為了船內陰暗的情況做準備，但是洞穴裡從數公尺前方就掛著LED電燈。應該是逃到船外時，從牆壁上硬扯下來後掛在那裡的吧。

「裡面很明亮。快點進來吧！」

「了解！」

波魯特……

「好。」

以及薩門也來到現場……

「呼……趕上了。」

最後是抱著機槍的傑克。

四個人到齊的ＭＭＴＭ衝進洞穴當中。

晚了十秒鐘左右，ＳＨＩＮＣ的四個人也進入船內。

最前頭的當然是前鋒塔妮亞。她把加裝消音器的野牛衝鋒槍抵在肩上，在沒有任何晃動的情況下進入洞穴裡。

雖然剛才還在數十公尺上方甲板射擊的敵人現在不太可能還在這裡，但她還是警戒著周圍。

安娜推著腳程慢的羅莎來到洞內……

「冬馬，快一點！」

然後回頭這麼大叫。為了以ＰＴＲＤ１９４１進行狙擊而待在最遠處的冬馬，目前仍在往這邊跑的途中。海洋已經迫近到她身後。

但冬馬的腳程還算快，所以沒有弄濕就抵達洞內。

「呼！久等了！那麼羅莎，開始指揮吧！」

蓮是目前存活的玩家當中腳程最快的人。

在高速奔跑下不停迫近的白色巨軀，最後整個壓到頭上。

「好巨大……」

蓮，不對，應該說香蓮還是小學生的時候，曾經從老家北海道的小樽港，搭乘渡輪到京都府舞鶴港。那是家族旅行到京都去玩時的事情。

搭乘的船名字叫「Hamanasu」。

根據導覽上的記載，大概有225公尺左右。在小樽港和兄弟姊妹一起抬頭看的船體，真的是巨大到超乎想像。搭上船之後，也因為裡面的寬敞度感到驚訝不已。無論怎麼探索都找不到盡頭。只是讓自己累得要死。

當時的記憶相當強烈，不過現在抬頭看的巨大軀體是當時的一倍以上。持續往上望的話，整個人似乎就要往後倒去。由於位在船首附近的位置，所以從側面看也感覺船尾在極為遙遠的地方，根本不知道哪裡才是盡頭。

「實在太大了……」

裡面是什麼模樣呢，自己必須在這裡面和敵人小隊戰鬥嗎？然後同時還得找到Pitohui才行——光是想到等待著自己的困難，蓮就感到頭昏眼花。

到達像座山一樣的巨船側腹，蓮就把P90的槍口朝向眼前的洞穴。雖然稍微陷入地面，但是人要通過絕對沒有問題。應該連M也能鑽過去吧。

那是強硬且粗暴地把鐵板融斷般的洞穴，往裡面窺探就能發現其他鐵板與洞穴。另外深處還能看見吊著的LED照明，感覺不到其他人的氣息。

蓮回過頭去。

不可次郎也距離開始起跑的位置很近，所以已經到達可以看得清楚臉的位置。她把雙手拿著的MGL—140靠在雙肩上……

「嘿喲！嘿喲！」

一邊奔跑一邊發出江戶時代轎夫般的喊叫聲。

後方是一整片綠色草原與灰色海洋。同時還有看起來很小的M。

「M先生！加油！」

「喂喂，怎麼不幫我加油？好寂寞喔。我要鬧彆扭嘍。」

「不可已經趕得上了！M先生還很危險！」

邊跑邊回過頭的不可次郎，看見還距離遙遠的M……

「確實如此……M先生啊，想不想解脫啊？我來射擊吧？被炸死比溺死帥多了吧？」

「不可！」

「這是為了緩和氣氛的玩笑喲。我不會射擊啦！嘿喲！嘿喲！」

幾秒鐘後，不可次郎來到蓮旁邊。

「呼！精神上快累死了！」

蓮以及不可次郎沒有進入船內，直接在外面等著M。應該是從遠方看見這一幕了吧……

「快進去！」

M便做出了命令。

「但是！」

「全滅的話怎麼辦！」

「看吧看吧，M先生說的沒錯喔。」

冷酷的不可次郎這麼說完就打算一個人先進入裡面。蓮則是緊抓住她的手……

「等等！」

「喂喂，我可不想殉情喔。這上面還有應該打倒的Pito小姐笑瞇瞇地等著我們。這裡已經沒有我們能做的事情了，因為我們是只會開槍的廢物啊。」

「對了！不可——準備發射左子！」

「啥？」

「啊，這下子來不及了……」

「是啊……M要在這裡消失了嗎？」

酒場裡的觀眾看的是來自上空的影像，所以看得很清楚。

不知道是不是島嶼頂端較為平坦的緣故，海水逼近的速度變快了。變得比剛才更快的海水，也就表示會以比M全力奔馳更快的速度迫近客船。

「小蓮她們再不進入那艘船也危險嘍，也不一定洞穴深處就有樓梯吧？」

「是啊。海水當然會湧入船內……」

觀眾們非常擔心蓮與不可次郎。亦即他們已經放棄M了。

而且海水看起來已經加速。M距離客船剩下80公尺左右。但他絕對來不及了。

再過五秒鐘，M巨大的身軀就要被宛如灰色巨大史萊姆般進逼的海洋吞沒。

「再見了，M……我不會忘記你的英姿……阿門……」

當不知道哪個人說出追悼的言詞時，海洋就被轟飛了。

「啥？」

原本是巨大史萊姆的海洋，在M正後方爆炸了。

不對，爆炸的不是海洋……

「電漿彈頭槍榴彈！」

而是能產生藍白色奔流的炸彈。

電漿彈頭槍榴彈的大爆炸直徑達20公尺。炸彈將該處所有物體毀壞並轟飛。

不論是敵人還是海水。

「不可！再一發！」

「好喲！」

啵。

不可次郎左手所拿的MGL—140射出藍色彈頭。

由於距離很近，所以槍榴彈以低彈道飛行，在幾乎快撞上M巨軀的情況下通過他頭頂，最後在正後方25公尺的位置爆炸。

藍色球體再次轟飛進逼的海水，爆炸形成的旋風從後面推著奔跑的M。

「虧妳能想出那種辦法……」

不可次郎用難以置信的口氣這麼說道。

「不是還有事情可以做嗎？」

蓮則是露出燦笑並這麼回答。

酒場的觀眾們全看見了。

2發電漿彈頭槍榴彈的大爆炸，讓M正後方的海水產生了停滯。

爆炸的奔流消失之後，海水又從後面與左右湧至，但地面已經出現一個大坑洞，所以再也沒有吞沒M的勢頭了。

M快到達客船前，蓮與不可次郎已經消失在洞穴當中，接著M也全速衝了進去。

在看不見第三個人後僅僅過了三秒——

海水就撞上「尚有時間」的船舷。

蓮他們可以說是危機不斷。

雖然進入船內，但目前的所在地與海面同樣高度。

不知道是幸運還是設定，鑽過開在客船外牆上的洞穴跑了幾公尺就是船內走廊，同時有一條細長往上延伸的階梯。

「妳們兩個快點爬上去！」

「嗚呀啊啊！」

「喂喂，快點啊，蓮！要踩下去嘍！」

蓮猛衝過因為LED燈照明而相當明亮的該處，不可次郎手上的MGL—140則是不停撞著左右牆面，最後的M則縮起巨大身軀爬上了階梯。

拿出吃奶力氣全速衝上五層樓左右的蓮，來到一面巨大鏡子與門前面。鏡子上映照出人影……

「嗚咿！」

蓮一瞬間嚇了一跳。只見她把P90的槍口移了過去。

「是我自己嗎！」

接著蓮便毫不猶豫地打開用英文寫著「前方為客房樓層，再次檢查服裝儀容」的門。

如果有人在的話一定就是敵人，所以蓮打定主意要直接開火，不過倒是沒有任何人出現。只有一條稍微變寬了一些的走廊。

寬度大約是1.5公尺左右。高度約2.3公尺。實在很難說是寬敞。雖然是巨大豪華客船，還是會盡可能不浪費船內空間吧。

腳底下是厚厚的絨毯。當然顏色已經顯得暗沉，大部分絨毛也被壓扁了。原本的壁紙應該是黃白色吧，現在不是變髒就是已經脫落。

走廊筆直地往前延伸，途中沒有任何其他物體。

由於實在太長，所以看不見盡頭。天花板上的燈也是一直線往前延伸。

背後這邊則大概20公尺左右就到盡頭。走廊左右兩側可以看見等距離並排著許多門。也就是說，這裡是客艙甲板的最下層，船首部分的右側。

不可次郎來到走廊上，最後M也抵達現場，他立刻緊緊把門關了起來。

「兩位，謝謝妳們救了我。」

M道完謝後，就為了舒緩精神上的疲勞而呼出一大口氣。

「這裡不要緊吧？水不會湧上來？」

蓮開口這麼問。

「應該還能撐一陣子吧。水首先會從洞穴大量流進下面的區塊。不過在那之前——」

某種聲音打斷了M的話。

咕轟轟轟轟轟轟轟轟轟轟轟轟轟轟轟轟。

宛如巨大生物低吼般的聲音，聽起來就像是要包圍周圍一樣。這樣的聲音毫不間斷地持續著，這時候不可次郎……

「什麼聲音？這裡是生物的肚子裡嗎？」

「雖然不是，但這艘船確實在發出呻吟。」

「為什麼？」

「應該是因為很高興吧。」

「啥啊？禁止繼續擬人化。到底為什麼？」

不可次郎再次提問，M則是用樂在其中的口氣回答：

「因為能再次變成船了。」

最了解狀況的——

每次都是酒場內的觀眾。真可以說是旁觀者清。

M一消失在船內，就有大量的海水包圍客船。

灰色的海水也湧入洞穴內，但水位立刻就超越它的高度，讓洞穴完全消失不見。

被Pitohui與大衛砍落地面的逃生小艇，就這樣可憐地不斷被海水吞沒。由於船底已經碎裂，當然不可能浮起來。

逃生小艇的裝備物品——塗成紅白色的游泳圈以及塗成橘色的箱子等，全都像垃圾一樣漂浮在水面。

客船側面所能看見的水位不斷往上升。

「喂喂，水位以這種速度增加的話，馬上就會全沉到海底了耶。大家都會死掉吧？」

某個人發出近似悲鳴般的發言……

「怎麼可能呢。」

不過另一個人立刻以難以置信的口氣加以反駁。

「你怎麼能那麼肯定？」

「雖然有洞穴，但這傢伙可是船喔。有水來到船周圍的話，會出現什麼情形？」

巨船像是要回應觀眾的心情一樣開始震動巨軀。

然後水位上升的速度便開始減緩，接著完全停止。最後甚至開始下降。

「喔喔！」

從斜側的空拍畫面中可以看得很清楚。

巨大的客船以雖然緩慢但是確實的速度浮了起來。

埋在草地裡的部分因為船體的浮力而脫離。周圍的海洋，顏色因為混雜了土壤而變成變濃，同時漂浮著大量雜草。

巨大船體先是像往上飛一般被水往上抬後，接著就慢慢往下降，然後在該處穩定下來。

船取回自己原本應該有的模樣。

「浮起來了！」

「呀呼！」

「啟航！」

自己沒有坐在船上的觀眾感到興奮不已。

十三點十五分。

戰鬥開始經過一小時十五分鐘時，每邊10公里的四方形島嶼完全沉沒了。

同時出現全長500公尺，寬90公尺的新戰場。

也就是第三屆Squad Jam的最後決戰場。

現在這個時間點，就只有酒場內的觀眾知道有哪些玩家參加最後決戰，也就是各隊擁有多少的戰力。

成功上船的有四支小隊。

首先是聚集背叛者的Betrayers小隊（BTRY）。

成員有Pitohui、大衛、艾爾賓、伊娃。

使用突擊步槍作為武器的有三人。其中一人還裝備了槍榴彈發射器。另外還有一名使用消音槍的狙擊手。不過VSS也能以全自動模式射擊，所以或許也可以說四個人都是使用突擊步槍。

memento mori（ＭＭＴＭ）的成員是健太、波魯特、薩門以及傑克。

使用突擊步槍的有三個人，機槍手則是一個人。

ＳＨＩＮＣ的成員為安娜、冬馬、羅莎以及塔妮亞。

總共有兩名狙擊手與一名機槍手。另外一名是使用衝鋒槍的攻擊手。

只有ＬＰＦＭ的成員少一名，總共只有三個人。分別是蓮、Ｍ與不可次郎。

攻擊手與狙擊手，以及能夠連射的榴彈手各占一名。

「喂，如果現在要下賭注的話，你會下哪一隊？」

酒場裡擅自開始預測起本屆的冠軍隊伍。

「當然是背叛者小隊了。三個能力高到嚇人的傢伙，現在控制了戰場的最高處！」

「我賭ＭＭＴＭ。你也看過上上屆太空船內的戰鬥了吧？在狹窄處沒人打得過他們！」

「ＳＨＩＮＣ也還有機會喔。到外面寬敞的地方戰鬥的話，機槍手與狙擊手的合作將讓人無法靠近。而且她們還有攻擊手呢。」

雖然其中加了不少個人的偏愛與一廂情願，但也列出了不少符合理論的意見。

「沒有人要賭小蓮他們獲得優勝嗎？」

接著酒場便靜了下來。

「喂喂，真的沒有嗎？他們是首屆優勝與上屆第二名的隊伍耶。」

繼續被追問之後……

「沒有啦，先不說粉紅色小不點，不過狹窄的地方總是無法盡情發揮速度吧？」

「那個槍榴彈手威力實在太強，在船內應該無法射擊吧。接近戰的話根本一點意義都沒有。在那裡只是礙事而已。」

「M的巨大身軀是不利的要素。在走廊上行走的話，幾乎就是活靶。而且也沒有時間讓他使用銅牆鐵壁一般的盾牌吧。」

眾人紛紛說出辛辣的意見。

結果到最後都沒有人賭蓮他們的小隊獲得優勝。

這艘船的艦橋是在船體構造物的最頂端，然後像凸眼金魚般整個往外凸出的最前面。面積大約跟學校的教室差不多吧。客船雖然巨大，艦橋倒是相當小巧。地板上鋪著不容易打滑的短毛絨毯，其中一面牆壁是整片弧形的落地窗。

雖說是艦橋，實際上用來掌舵的不過只有三面圍起來的操縱臺。一邊5公尺左右的操縱臺也絕稱不上大，上面可以看到並排著好幾個螢幕。

裡面僅有六張椅子。現代的船艦因為自動化的幫助，只需要少到嚇人的船員，所以準備這些椅子就足夠了。艦橋的其他空間是為了讓乘客來參觀時使用。

操縱臺中央後部，稍微高一點的位置裝設了豪華的艦長席。

其前方靠近窗戶的地方則是安裝了轉輪的操舵席。

通常一提到船就會讓人聯想到巨大的轉輪，但跟以前比起來，最近船艦的轉輪已經變得像玩具那麼小。甚至可能比不上卡車的方向盤。

由於變成廢船已經經過相當長的一段歲月，所以室內也因為經年累月的變化而發霉或者堆積灰塵，不過倒是沒有看到破損。玻璃窗也保存得相當良好，完全沒有破裂的地方。

只不過，天花板的照明完全沒有點亮。無數的螢幕也保持著沉默。當然裡面也沒有任何人在。

這時有腳步聲靠近這樣的艦橋。

左右對開的門被從外側粗暴地踹開。

發出粗魯腳步聲走進來的是ＢＴＲＹ小隊的四個人。也就是Pitohui、伊娃、大衛以及艾爾賓。

這個瞬間，艦橋的ＬＥＤ照明就一起點亮。以為是敵人攻擊的艾爾賓一瞬間擺出警戒的姿勢。

接著操縱臺的螢幕也亮了起來。這艘船竟然還能動。

「艦橋偵測到人類的反應。」

有聲音傳了出來。

那是一道沉穩的女性聲音，但四個人都不認為那是人類。站在操縱臺前的Pitohui……

「嗨～！我是Pitohui。」

就十分直率地向對方打招呼。

「Pitohui大人以及各位，初次見面。我是這艘『尚有時間』的主電腦。我已經有專屬暱稱。以後就請叫我『克拉拉』吧。歡迎各位乘船。請下達指示。」

剩下來的三個人默默感到驚訝。

他們這些GGO玩家經常能看見發狂且朝著自己襲來的地球產機械，也一路與它們戰鬥並且破壞、殺害過這樣的機械。

這無疑是第一次看見這種願意聽人類命令的機械。當然，這是在Squad Jam這種特殊狀況之下才會被允許的設定。

「好的，『克拉拉』。妳可以航行嗎？」

「可以的。發動機全都可以正常運作。現在船體左右各處雖然出現大量進水，但可以封鎖防水隔牆來阻止惡化。」

「這樣啊，那把它們全升起來。我Pitohui命令妳『克拉拉』——把全部『防水隔牆』升起來。今後不論發生什麼事，都不要阻止船內的進水。」

只有人類發出「啥？」的聲音並且感到驚訝……

「了解了。將防水隔牆全部打開。在有新的指示之前絕不會封閉。」

「克拉拉」老實地遵從了命令。

雖然操舵室的一部分螢幕上映照著船的形狀，但是畫面不停地閃爍，這時原本顯示為綠色的門變成了紅色。

接著藍色區域從船的外側一點一點增加。那無疑是表示這艘船的進水區域。

「明……明明知道這樣自己也被淹死吧……？什麼命令都會遵從嗎……」

除了艾爾賓驚訝的聲音外……

「人類的命令比自我保存更加重要嗎？比忠犬還忠犬耶。」

還有大衛感到難以置信的聲音。

「喂，妳瘋了嗎？難得有這艘船，為什麼要把它弄沉？」

驚訝的伊娃慌了手腳，Pitohui則沒有回答她……

「『克拉拉』，大概能撐多久？」

「預測將因為海況而產生很大的變化，依照現狀的話，到達保持復原力的界限大約是兩小時到兩小時二十分。」

接著Pitohui便看向伊娃並眨了眨眼。

「我們是在互相殘殺喲。應該用不了那麼長的時間吧？」

伊娃安靜下來後……

「Pitohui小姐！我有個請求！」

以過去未曾有過的巨大聲音說話的是艾爾賓。

他的全罩式頭盔在伴隨著細微馬達聲之下，以太陽穴附近為轉軸，從下顎的部分往上打開。裡面的角色首次露出臉來。

底下出現一張淡褐色肌膚的瘦長男性臉孔。彷彿在進行愛的告白一樣，臉上的表情極為認真。

「什麼請求？」

「這艘船還能航行吧？請讓它往西北方前進吧！」

「啊，原來如此。你是想救被留在大樓屋頂上的那些小隊同伴吧？」

「是的！」

伊娃發出「唔」的沉吟聲。

大衛也露出有些苦澀的表情。

他們兩個人都很清楚。當然，也知道Pitohui同樣很清楚。

如果T—S的五個人毫髮無傷地待在那裡，又很順利地跳到這艘船上，那將成為很強大的戰力。

雖然知道T—S這支小隊的整體戰力不高，但他們怎麼說都是全身裝著護具，只有防禦力是鶴立雞群。而且和M的盾牌不同，可以直接移動和戰鬥。在船內戰鬥時將成為很大的威脅。

而BRTY的隊長……

「那就這麼辦吧。」

竟然很簡單就答應了。緊接著……

「對『克拉拉』下令。全速往315度方向前進。應該會遭遇一棟突出海面的超高大樓，靠近的話就告訴我。」

「沒有問題。了解了。」

「謝！謝謝！真的非常感謝！」

艾爾賓低下頭的同時，船便稍微晃動了起來。

先是感覺到些許往後的加速，接著這種感覺便一直持續著。

而且船體稍微往右傾斜之後，又開始往相反方向也就是左側劇烈傾斜。這就是開始往右邊急速迴轉的證據。

面對靜靜發出「沒關係嗎？」氣息的兩個人……

「祭典還是多點人參加比較好吧？」

Pitohui開口這麼表示。明明到剛才都還進行著盡量減少人數的戰鬥啊。

這時她就像早就把這件事情趕出意識之外一般……

「那麼，不知道這艘船裡面會不會進行掃描喔？說不定這個傢伙會再次出場喲。」

說完就從包包裡取出衛星掃描接收器。

＊　＊　＊

「船內各處有畫著大大『i』符號的地方。只要在該處揚起接收器，就能暫時登入船內系統。」

蓮沒有在抵達的走廊上亂動，而是先行檢查儀器，結果這時候衛星掃描接收器就出現這樣的畫面。

「什麼意思？」

「試試看就能知道了。妳看那裡。」

不可次郎指著前方5公尺左右的牆壁上畫著的「i」符號。

連接其他走廊的角落前面一點處，設置著沒有點亮的螢幕與損毀通話器的牆壁上畫著大大的「i」符號。

三個人移動到該處，蓮揚起接收器後，畫面就亮了起來。

看見畫面的蓮，就為了讓所有人都能收看而切換成空中立體影像。

SHINC的成員、MMTM的成員以及酒場內的觀眾們也看見三個人所見的東西。原來顯示的是船內圖。

那是從客人進入的最下層甲板1，到最上層的甲板20，能夠像番茄的圓形切片一樣展示給大家看的地圖。

從甲板1到5是下部客房所在的樓層。

能清楚地看見緊排在一起的客房以及船內兩條長走廊。另外船首部分則有寬敞的劇場。

甲板6到甲板9是客房之外的樓層。可以看見故意設計得極為寬敞的門廊與巨大的餐廳。

劃分為小區塊的空間應該是除此之外的店家吧。另外設置了散步道的甲板也在這裡。

甲板10是中庭所在的樓層。從這裡往上，也就是甲板10到甲板16的客房構造分為左右兩邊。就像是把兩棟平行，房間分別可以看見海洋與中庭的公寓放到船上一樣。

甲板17是被劃分成許多大房間的多日的空間。其最前方是作為客船頭腦的艦橋。

上面的甲板18到20是泳池、籃球場等寬敞的空間以及瞭望甲板，而它們也同時被當成聯結兩棟房屋的橋梁以及屋頂。

島嶼已經沉沒，所以不需要剛才的戰場地圖了。

這就是新的戰場地圖。

「原來如此。這樣就不會迷路了。然後——」

蓮用手指著唯一的發光點。

那是客船的最下層，右側最前方。也就是……

「現在我們在這個地方嗎？」

「用這個有蠟燭符號的地方來代替導覽板啊。」

羅莎這麼說道……

「那不是蠟燭，是information的『i』啦。」

結果受到安娜的糾正。

「根本差不多嘛。」

「哎呀，有什麼關係。不過，剛才看過之後，我已經記住船內圖了！跟地下迷宮比起來，這太簡單了！」

THE 3rd SQUAD JAM
"THERE IS STILL TIME"
FLOOR MAP

第三屆 Squad Jam
「尚有時間」
樓層圖

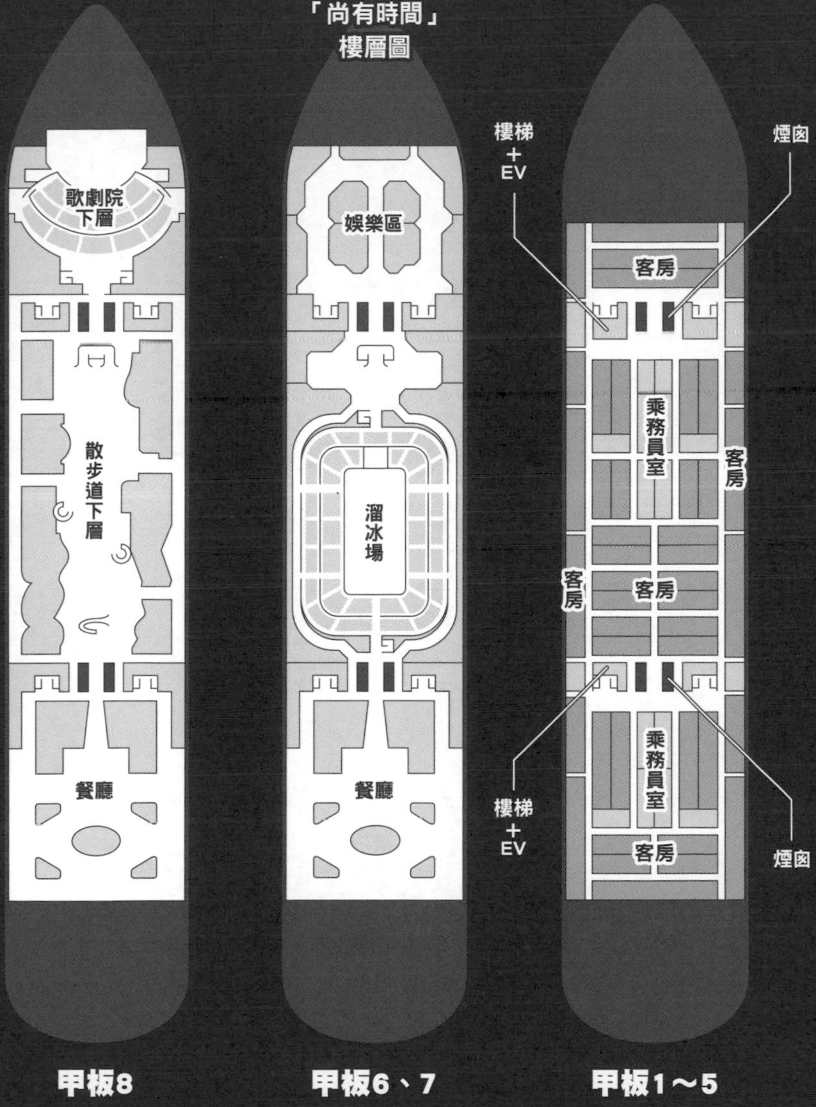

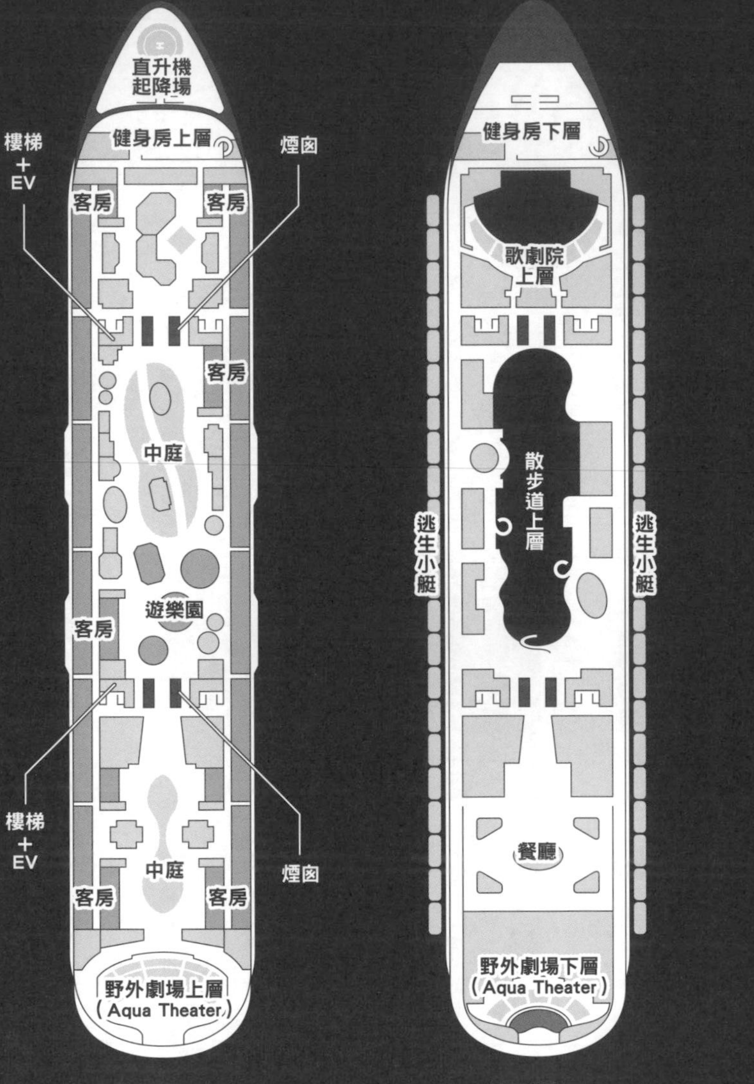
直升機起降場
健身房上層
樓梯+EV
煙囪
客房
客房
客房
中庭
遊樂園
客房
樓梯+EV
煙囪
中庭
客房
客房
野外劇場上層
(Aqua Theater)
健身房下層
歌劇院上層
散步道上層
逃生小艇
逃生小艇
餐廳
野外劇場下層
(Aqua Theater)

甲板10　甲板9

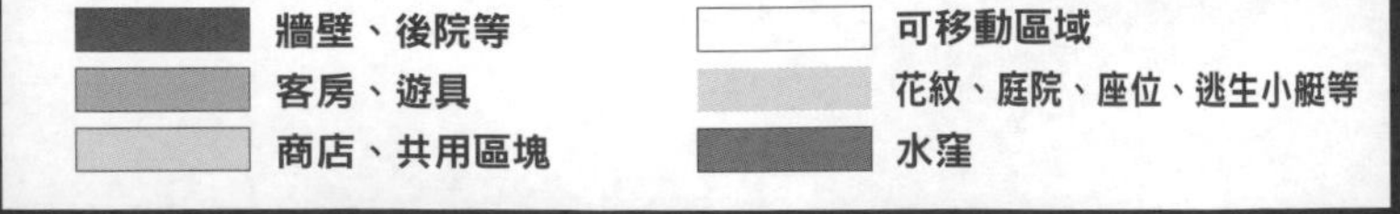
牆壁、後院等
客房、遊具
商店、共用區塊
可移動區域
花紋、庭院、座位、逃生小艇等
水窪

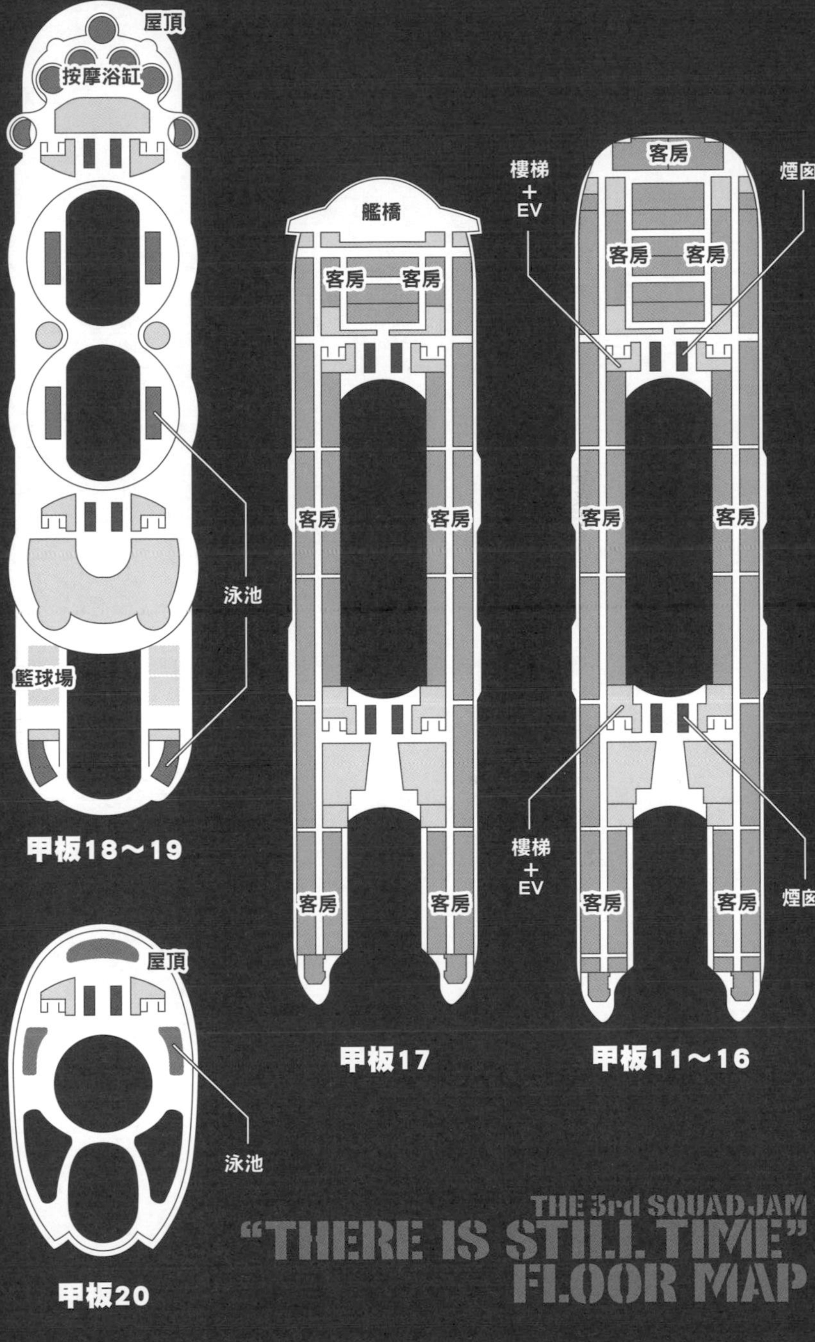
屋頂
按摩浴缸
泳池
籃球場
甲板18～19
屋頂
泳池
甲板20
艦橋
客房
客房
客房
客房
客房
客房
甲板17
客房
樓梯
+
EV
煙囪
客房
客房
客房
客房
客房
客房
樓梯
+
EV
煙囪
甲板11～16
THE 3rd SQUAD JAM
"THERE IS STILL TIME"
FLOOR MAP

身為前鋒而方向感良好的塔妮亞充滿自信地這麼表示。

「船內不能像至今為止那樣使用衛星掃描接收器了。不知道要如何判別敵人的位置？」

雖然沒有同伴回答健太的問題，但接受器就像看透他的心思一樣以畫面來回答他。

「每到能夠以5整除的分鐘就會進行掃描，將所有玩家的位置與名字顯示六十秒。」

「原來如此——現在是十三點十八分。」

波魯特讀出表示在接收器上的時間。

「不對，十九分了。」

然後船就開始動了起來。

時間一秒一秒緩慢但確實地流動著。

「這是怎麼回事，船在動嗎？要上哪去？」

感覺到船體振動的蓮如此問道，不可次郎則是回答：

「誰知道。去哪裡都一樣吧？那麼蓮，妳現在想去哪裡？」

蓮立刻回答：

「到Pito小姐那裡。」

剩下四十秒。

「判明之後就立刻對最近的隊伍發動攻擊！讓他們看不到下一次的掃描吧。」

「好喔。」

「了解！」

走廊上的ＭＭＴＭ四名成員擺出了必殺的突襲姿勢。

由架著Ｇ３６Ｋ的健太打前鋒。右後方稍微錯開的位置上是使用ＳＣＡＲ—Ｌ的薩門。

由於是和薩門同時開槍的聯手攻擊，所以健太要是上半身隨便亂動的話，背部和頭部就會被擊中。不過兩個人已經不知道配合過多少次了。

在他們後面的是現任隊長傑克，他正把ＨＫ２１機槍架在腰部，而且上面還加裝了內含１００發子彈的彈藥箱。

殿後的是手持ＡＲＸ—１６０的波魯特。他除了警戒後方之外，也負責在沒子彈時提供後援。

剩下二十秒。

「哦……是這麼回事啊。我知道了。」

艦橋上的Pitohui一邊看著接收器一邊如此表示……

「總覺得有點可惜。」

然後又加了這麼一句話。

「可惜？為什麼？」

聽見伊娃的問題，Pitohui就輕輕揮動接收器同時開口回答：

「接下來的五分鐘裡，應該沒有小隊能夠來到這裡吧？沒辦法戰鬥真的很無聊。」

剩下十秒。

首次的船內掃描開始了。

掃描是從上層開始進行。

掃描線從船首經過甲板20，也就是最上層的圖表，短短一秒就穿越了船尾。

甲板就這樣受到掃描，然後一層一層往下前進。不久之後，艦橋所在的甲板17出現了首次的反應。

顯示的是Pitohui等四個人。不用觸碰白色光點也會顯示角色的名字。由於幾乎在同一個地點，所以光點看起來像重疊在一起。即使掃描移往下面的甲板，表示也不會消失。

「哎呀呀，特等座呢。」

不可次郎悠閒地說出這樣的感想……

「Pito小姐竟然在那種地方！而且連伊娃都在！」

蓮大叫了起來。

蓮首次得知老大，也就是伊娃被選入背叛者小隊。

這下子……該怎麼辦才好……

蓮的腦袋裡出現亂飛的問號。

雖說原本是應該在ＳＪ３裡打倒的對手，但現在已經不曉得該怎麼辦才好了。即使她不在ＳＨＩＮＣ，只要打倒她就算是履行約定了嗎？

現在還有更重要的事情！

蓮打起精神來再次注意著掃描畫面。因為現在還不知道，究竟有多少角色乘上這艘船。所有小隊都像自己的隊伍一樣，全員順利搭上船了嗎？

還是說死了一兩個人呢？

又或者是全部被海洋吞沒了？

如果是這樣就好了。

結果甲板８的掃描打破了蓮這樣的希望。

ＭＭＴＭ的眾人就處身於該層船體後部的左側。

不過只有四個人而已。剛才已經知道名為大衛的隊長現在隸屬於背叛者小隊，所以他們有一個人從ＳＪ３裡退場了。

之後的掃描全部落空。沒有映照出任何人。明明有六支小隊能夠靠近客船，怎麼會到現在只出現一支隊伍呢。

接著掃描終於來到甲板１，也就是最下層。

蓮等人的ＬＰＦＭ看見了接收器的顯示。

羅莎等人的ＳＨＩＮＣ看見了接收器的顯示。

「咦？」

「咦？」

然後同時發出了感到驚訝的怪聲。

ＬＰＦＭ的三個人位於客船右側直向走廊的船首部分。

ＳＨＩＮＣ的四個人則是位於客船左側直向走廊的船首部分。

而兩支隊伍的眼前就是以最短距離連接兩條直向走廊的橫向通道。

他們的距離就只有短短的50公尺。

「快跑！到那個角落後面去！」

M剛這麼大叫……

「哇！」「哦！」

蓮和不可次郎就像彈起來一樣往前跑去。

同一時間，客船的另外一側……

「喝呀啊！」

羅莎大叫著衝向前方的橫向走廊……

咚咚咚咚咚咚咚咚咚咚咚咚咚咚咚。

以PKM機關槍不間斷地開槍。

蓮和不可次郎要是再慢一些才開始衝刺，應該就會被羅莎發射的彈雨擊中了吧。

尤其是瞬間爆發力比不上蓮的不可次郎真的是千鈞一髮，背上的背包被2發子彈擊中而失去平衡，整個人誇張地滾落到走廊上。

如果電漿彈頭槍榴彈還放在背包裡面的話——小隊所有人或許就會被誘爆炸死了吧。

「好痛！」

跌了一大跤的不可次郎，兩把MGL—140也從她的雙手掉落。

但也因為這樣，兩人才得以直接逃往船尾方向。不過向兩人下達命令的M則被留在船首。從50公尺這種近距離發射的子彈，就以猛烈的速度毫不間斷地衝撞走廊的牆壁。紅色彈道預測線與子彈群大量地刨開牆壁。要毫髮無傷穿越這樣的彈雨幾乎是不可能的事情。

羅莎把原本抱在腰部射擊的PKM放到走廊地板上，以兩腳架將其設置在較低的位置，然後自己也趴下來擺出射擊姿勢。

「好，上吧！」

她再次開火並下達命令……

「哦哦！」

塔妮亞聽見後就毫不猶豫地這麼回答。

當機槍的子彈以2馬赫的速度在橫向走廊中央飛行時，她就在旁邊20公分左右的地方全力朝著敵人衝去。

由於機槍的掃射一瞬間停了下來……

「攻擊手要來了！」

M就理解SHINC所採取的作戰。

他眼前有從右邊飛來子彈的橫向走廊，而蓮與不可次郎則在直向走廊的更前方。這時候是不可次郎比較靠近走廊的轉角。這樣的話……

「不可！往走廊射擊1發槍榴彈！」

「了解了！」

跌倒的不可次郎抓起一把掉在眼前的MGL—140後，隨即爬過走廊往子彈飛過來的轉角最低處前進，然後只把巨大槍口伸出去……

「哦啦！」

啵。

不管三七二十一地射出1發槍榴彈。

由發射器射出的槍榴彈，如果在20公尺內著彈的話就不會爆炸。

這是為了從爆炸當中保護射手的安全裝置。彈頭就像子彈一樣一邊旋轉一邊往前飛，其回轉在超過一定的次數之前引信都不會啟動，可以說是簡單且確實的構造。

但怎麼說都是直徑40毫米的金屬塊朝自己飛過來，人類要是被擊中的話當然會受重傷。

雖然看不見衝過來的攻擊手——但絕對是塔妮亞，只要能幸運地擊中她，應該就能讓她昏倒才對。

而被發射出去的槍榴彈……

「嗚哇！」

就從奔跑的塔妮亞頭部旁邊僅僅2公分的地方擦過。

雖然沒有擊中塔妮亞——

「啊，這下不妙了……」

她還是邊跑邊這麼呢喃。

雖然是隨便射擊的子彈，但它還是畫出漂亮的飛翔線，沒有擊中橫向走廊的牆壁，幾乎是筆直地往前飛——

通過在那裡以ＰＫＭ死命射擊的羅莎頭頂——

撞上左側走廊的牆壁。

飛行距離是50公尺。

引信當然就此啟動。

產生了藍色的爆炸。

趴在橫向走廊中央的羅莎，待在後面準備在她沒子彈時立刻提供援護的安娜與冬馬，就在無計可施的情況下被藍色世界吞沒了。

ＨＰ以及虛擬角色的軀體就這樣蒸發並消失無蹤。

爆炸的奔流直徑是20公尺。

這時已經超過這段距離的塔妮亞雖然沒有遭到襲擊，但在狹窄的地方發生爆炸，周圍會有什麼下場已經是眾所皆知的事情。

沒錯，將會比在戶外爆炸產生更強烈的旋風。

從背後吹起的旋風貫穿無處可宣洩的走廊，像空氣槍的子彈一樣把跑在上面的塔妮亞推出去。

「噗呀！」

塔妮亞直接在空中飛過這剩下來的18公尺。

爆炸的旋風經過橫向走廊來到右側直向走廊，在該處分為兩股暴風……

「呀啊！」

把體重輕的蓮往後吹飛10公尺以上，就連比她重的不可次郎……

「嗚噗！」

都從地板上被吹得往後滾動。

光是普通的槍榴彈都威力十足了，不小心發射電漿彈頭槍榴彈的不可次郎……

「糟糕，我用的是左子啊啊啊啊啊！」

在滾動著的情況下這麼大叫……

「笨蛋——————！」

蓮像顆乒乓球一樣在走廊的牆壁上反彈並如此咒罵著搭檔的失誤。

「噗呸！」

被爆炸旋風吹飛的塔妮亞，重重地撞上滿是彈孔的右側走廊牆壁。而且是從顏面與腹部直接撞上。這時候的她看起來就像是隻被壓扁的青蛙。

原本是打算靠近走廊的轉角附近就投擲手榴彈，在爆炸的同時衝出去往左右兩邊掃射，結果被迫抄了這樣的捷徑。

猛烈撞牆的衝擊雖然讓她的ＨＰ大量減少，但還是剩下五成左右。

從背部掉落到走廊上的塔妮亞，這時看見近處的Ｍ為了抵擋爆炸的旋風而縮起巨體。

後面的三名同伴一定是立刻死亡，為了幹掉眼前這名敵人……

「這臭傢伙！」

塔妮亞將即使被吹飛也沒有脫手的野牛衝鋒槍對準他，然後毫不留情地扣下扳機。

咻磅！

只傳出一聲由消音器所抑制的聲音，接著子彈便擊中Ｍ的右腳。

看著這種情形的塔妮亞心裡想著。

咦？我轉成半自動模式了嗎？

總是將模式選擇旋鈕放在全自動的位置上，然後以扣扳機的力道來進行3到4發的連射，這才是塔妮亞的射擊方式。

看來是撞上牆壁後，模式選擇旋鈕就錯開到半自動模式的位置上了。

算了，這不重要！去死吧，M！我要報上一次的仇！

塔妮亞把眼前的著彈預測圓跟M的額頭重疊起來。

距離對手3公尺。這是沒射中才是奇蹟的距離。雖然M看起來很強壯，自己用的又是9毫米口徑手槍子彈，但是在他臉和身體上轟個30發左右的子彈也總該死了吧。

你的命我收下了。

接著塔妮亞便扣下扳機，撞針喀鏘一聲彈出，子彈卻沒有從野牛的槍口發射出去。

「咦？」

塔妮亞的視線落到愛槍上，這時候才發現原本應該在上面的東西已經消失了。

那個東西就是彈匣。

應該安裝在野牛衝鋒槍前方下部的圓筒形彈匣，已經整個從槍上面脫落。一定是猛烈撞擊所致。由於衝鋒槍還是發射了唯一裝在彈倉裡的那一發子彈，所以自己才沒有注意到。

「唔。」

只是右腳被擊中的M發出低吼並抬起臉來……

「M先生！」

同時也能夠聽見蓮的叫聲。

知道後面的蓮還活著，塔妮亞就毫不猶豫地展開行動。

把敏捷性發揮到極致的她跳起來後，就從頭部跳過準備站起身的M頭上那一小片空間。M雖然伸出粗壯的手想抓住她的腳，但還是遲了一步。

「M先生，讓開！」

無法射擊的蓮放聲大叫，當她的叫聲響徹走廊……

「嘿啊！」

宛如貓咪般一邊扭動身軀一邊落地的塔妮亞也同時轉過身來進行「攻擊」。

塔妮亞的腰部雖然掛著Strizh手槍，但這次沒有派上用場。因為她手中有能更快速使用而且相當有效的物品。

跳躍後抓在M背包上的塔妮亞，以野牛衝鋒槍的背帶——尼龍製的吊帶套住M粗大的脖子。

接著將野牛衝鋒槍轉一圈來讓背帶交叉，然後用上全身的體重吊在他身上。

「咕噗！」

M的脖子被寬數公分的尼龍背帶勒住，同時身後還承受著塔妮亞雖然是ＳＨＩＮＣ中最為嬌小，但還是有一六五公分的體重。

「喂喂！M先生！」

架著P90的蓮只能看見15公尺前方因為脖子被勒住而感到痛苦的M。M的身體實在太龐大，完全遮住應該在他身後的塔妮亞。也就是說沒辦法開槍射擊。

「咕嘎……」

M感到痛苦不已。雖然扭動身軀來喘息，但是吊在後面的塔妮亞……

「我死都不會放手！」

把愛槍當成鞦韆一樣吊在那裡，同時緊貼在M的背包後面。

M放下M14．EBR的雙手雖然往脖子上的背帶伸去，但是他粗大的手指沒辦法伸進交叉且勒緊的肩帶底下。不過他還是死命抓著脖子，結果被認定皮膚破裂，也因此而產生傷害。

十秒後……

「咕嘎……」

亂動而使用了氧氣的M，HP開始一點一點減少。這就是所謂的窒息認定。這樣下去，幾十秒之後就會死亡了吧。

「怎……怎麼辦！」

蓮悲痛的聲音……

「別管我快點開槍——他一定是想這麼說。」

讓在她前面的不可次郎以輕鬆的口氣這麼回答。

「笨蛋。這樣只會射中M先生啦！」

「嗯？妳的子彈不會貫穿身體嗎？」

「是會啊，但M先生的背後揹著裝有盾牌的背包！」

「啊～那就不行了。M先生的守護神反而變成了死神。被保護安全的東西殺死——就像是體現人類可悲性格般充滿諷刺性的結果。」

「別冷靜地發表評論！」

「事到如今，乾脆讓我一擊把他們送上西天吧？反正娘子軍也只剩下她還活著吧？我們兩個人後退，離開數十公尺後我就一次發射6發槍榴彈。他們兩個就會死了。」

「笨——」

原本想說「笨蛋」的蓮打消了主意。

不可次郎這種冷酷無情的作戰，說不定才是合理的選擇。

與其讓M這麼被殺掉，之後又讓在狹窄船內相當難纏的塔妮亞直接逃走，倒不如……乾脆趁現在……

「等等，不行啦！」

蓮不停用力搖頭。敏捷度高的蓮一做出這種動作，就會變成能看見殘像的超高速搖頭。如果有世界搖頭次數大賽的話，她一定能獲得優勝。

這時蓮反而大叫：

「M先生加油！」

「加油啊，銀髮女！把M勒死！」

「能成功喔！」

「撐住啊啊啊！」

酒場的觀眾為SHINC唯一生還者的奮鬥發出了盛大的喝采。想在槍的世界把人勒死造成了大轟動。

由於是狹窄的通道，所以攝影機相當近，畫面就在超近距離下映照出M苦悶的表情，以及塔妮亞很高興般露出虎牙的狐狸臉龐。

「…………」

M在無法出聲的狀態下掙扎著。

雖然試著左右搖晃巨軀，還是無法把塔妮亞甩落。

另外也試著利用左右的牆壁把塔妮亞壓扁……

「噠啊！」

不過一旦這麼做，塔妮亞就會靈巧地扭動身體來躲開。

啊啊，M先生危險了……真的很危險……

只能靜靜凝視著狀況的蓮，視界當中可以看見名為M的巨人正感到痛苦不已。他顯示在視界左端的HP也不斷減少。減少的速度越來越快，已經剩下不到三分之一了。

然後M的膝蓋跪了下去。巨大身軀倏然往下沉。

不行嗎……

當蓮這麼想的下一個瞬間，M就往上跳了起來。他把全身的力量灌注在雙腳上，然後用力跳躍。

背部朝上並且跳躍的M撞上天花板……

「咕噗！」

讓待在那裡的塔妮亞被天花板與背包夾成三明治。撞擊的威力甚至讓天花板產生扭曲。

「喔喔！」

蓮發出歡呼聲。

M著地後再次躍起。

「嘎噗！」

跳躍。

「咕咿！」

跳躍。

「噗哦！」

塔妮亞被擊打在天花板上的身體終於產生傷害認定效果。但她還是死不放開勒住脖子的手，而感到痛苦的M也持續跳躍著。

這個時候蓮……

「…………」

只是默默地看著這種情況。

當已經不再數這究竟是第幾次跳躍的時候——

「呀啊！」

塔妮亞的悲鳴變得尖銳，接著終於放手了。

M立刻一把扯下鬆開的背帶。

「噗哈啊啊！」

當他大大吸了口氣時，HP也就不再減少。HP還剩下兩成左右。

趴在走廊的絨毯上，陷入半死不活狀態的塔妮亞……

「可惡……」

左手伸向腰部，抓住放在那裡的手榴彈，用嘴巴拔起安全栓——

「哼！」

下一刻，M像馬匹一樣壯的腳就往後把塔妮亞踢飛了出去。

在走廊上飛了數公尺的塔妮亞，左手依然握著手榴彈。雖然想投擲出去，卻無力地掉在自己眼前。

「啊啊可惡，不行嗎……」

塔妮亞最後就這麼呢喃著，同時變成大量多邊形碎片，從SJ3當中退場了。

有幾片手榴彈的碎片陷入M的腳當中，讓他的HP又減少了一些。

「M先生！沒事吧！」

「嗯……總算是活下來了。」

在HP剩下一成的情況下得以存活的M，立刻把急救治療套件打在手上。

一瞬間，M的巨軀連同裝備就被光芒包圍並閃爍著。得花一八〇秒才好不容易能恢復三成的HP回復終於慢慢開始了。

從掃描判明位置後到現在，戰鬥時間根本不到兩分鐘。

「很有一套嘛，M先生！我一直相信你能辦得到喔！」

剛才提案把他連同敵人一起幹掉的不可次郎做出這種發言……

「啊哈哈……」

讓蓮忍不住發出乾笑聲。

不過總算是活下來了……

當蓮打從心裡鬆了口氣時。

「話說回來，我從剛才就一直這麼想——」

不可次郎稍微歪著脖子並且這麼說道。

「M先生為什麼不轉過來呢？如果背部朝這邊的話，蓮就能射擊了吧？」

「………」

M宛如岩石般的臉孔微微抽搐了起來。

蓮忍不住要代替他這麼放聲大叫。

「早點說啊啊啊啊啊啊啊！」

當蓮這麼大叫時，客船也正好無聲地開始左傾。

SECT.14

第十四章　Pitohui的陷阱

不可次郎因為弄錯而發射出去的電漿彈頭槍榴彈——

在船的左舷靠近船首附近爆炸，將該處的船內構造物破壞到體無完膚。

走廊上的爆炸把靠海的客房轟爛，天花板與樓梯整個炸飛，甚至直接傷害到外板。

如果有人從外面看見這一幕——

應該會先看到藍色球體浮起，接著是碎片飛上天空再落入海中，然後才是破了個大洞的船舷。

另外還能看見從該處大量湧入的海水。

由於吃水線上方開了個大洞，海水便不停地往該處灌進去。

雖說是全長500公尺的巨船，這依然是在艦橋下方數十公尺處的大爆炸。待在該處的人一定能感覺到振動與爆炸聲。

「噢，這應該是SHINC和小蓮他們幹的好事。」

Pitohui把接收器收進口袋裡這麼說著。

當然她已經知道一分鐘前有兩支隊伍待在最下層，而且彼此之間的距離相當近。

「剛才那是什麼？電漿彈頭槍榴彈嗎？」

伊娃這麼問道。Pitohui則聳著肩這麼回答：

「怎麼說呢，總之真的很抱歉。這次讓小不點槍榴彈手帶著電漿彈頭，剛才應該就是那個了。」

「…………」

伊娃沉默了下來。

掃描之後從至近距離被那種東西擊中並且爆炸的話，在那裡的四個人會有什麼下場根本不用說也知道。

「全滅……」

艾爾賓的呢喃傳入伊娃耳裡，這名綁著辮子的女性便靜靜閉上眼睛。

實際上現在正是穿越爆炸的塔妮亞奮力將M逼入瀕死狀態的時候，但是伊娃當然不知道這種事情。

「反正下次掃描就能知道有多少人存活了。倒是——」

Pitohui把說話的對象換成「克拉拉」。

「『克拉拉』。側面開了個大洞對吧？造成多少進水？」

「是的。現在有大量海水從左舷甲板1附近湧入。船身已經開始往左傾斜，今後進水應該會更加嚴重。沉沒時間或許會比剛才預測的還要快。」

「哎呀，真是恐怖。」

Pitohui以完全聽不出感到恐怖的口氣這麼說著……

「噢，請不用害怕。」

無法理解人類感情的「克拉拉」做出了制式化的回答。

下一刻船身就開始往左傾斜。

傾斜的角度比回頭時更大。已經到了讓人明顯察覺客船發生異常狀態的程度。

「是否要灌水到右舷來消除傾斜呢？雖然這麼做會造成全體的進水增加。」

「克拉拉」的問題……

「…………」

Pitohui沒有立刻回答。而是看向自己的手錶。十三點二十三分。距離下次掃描還有兩分鐘。

就這樣靜靜過了二十秒。

結果大衛……

「喂喂——妳在煩惱什麼？」

就從後面催促她，又過了五秒鐘後……

「『克拉拉』，先讓船恢復水平。然後十三點三十分時就停止灌水。」

「了解了。我會努力在十三點三十分前恢復水平。」

機械唯唯諾諾地遵從這奇怪的命令，大衛、伊娃與艾爾賓等三個人則是露出疑惑的表情。

「妳在想什麼？」

聽見老大的問題後，Pitohui先是對她揚起手掌，表示出「之後會回答妳」的意思。

緊接著……

「『克拉拉』。讓我看一下這艘船的配電圖還有灑水器的位置。」

越來越搞不清楚狀況的三個人，眼前的一台螢幕顯示出船內配電圖。

「怎麼回事？」

不知道發生爆炸與浸水的ＭＭＴＭ眾成員……

「從剛才就開始慢慢傾斜……應該不是回頭吧？」

走在前方的健太與薩門停下腳步。

當然跟在後面的傑克與負責殿後的波魯特也同樣停了下來。

四個人所在之處是甲板10的左側通路。也就是設置了中庭的樓層。目前雖然走在客房旁的走廊，遇見突發狀況時可以立刻衝進中庭這邊的房間，從窗戶直接到達中庭。

他們的目標當然是艦橋，要打倒的對手則是背叛者小隊。

四個人雖然強烈渴望戰鬥……

「在那之前船就沉了的話，一切就都沒意義了……」

不過健太的發言也相當有道理。

這數十秒當中，ＭＭＴＭ眾成員就停下腳步觀望情勢發展，最後……

「哦，恢復了。」

正如健太所說，船身緩緩往右傾斜，最後恢復水平狀態。

這時波魯特開口表示：

「嚇死人了……好不容易才搭上的船要是沉了誰還受得了啊。」

「難道說，只要願意就能把這艘船弄沉嗎？我還以為一旦浮起來，在大會結束前都會保持穩定狀態呢，難道不是這樣？」

以苦澀聲音回答薩門問題的是目前的隊長傑克。

「確實有這種可能……ＧＧＯ裡能夠破壞的東西太多了……裡面只要能動的交通工具就都可以弄壞。這艘船應該也不例外吧。而且那個瘋女人還待在艦橋。不論她做出什麼事情都不奇怪……」

或許是又浮現出上一屆遭到貫穿頭部的記憶了吧，只見傑克的身體抖了一下。然後……

「船內走廊和寬敞的地點，哪一邊比較容易對應傾斜……？」

又以不安的口吻這麼表示。

「誰知道呢。雖然不討厭室內戰鬥，但是立足點會搖晃就讓人不敢領教了。」

「雖然狹窄的地方還有能靠在牆壁上這個優點……不過，整體來說還是不太好。」

「還是寬敞的地點才能發揮火力吧。」

健太、薩門以及波魯特依序說出自己的想法。

現任隊長傑克則是……

「…………」

思考了五秒鐘左右。他接著又看向自己的手錶。上面的時間正好是十三點二十四分。距離下一次掃描還有一分鐘。不對，六十秒、五十九秒、五十八秒、五十七秒……

「到中庭去吧！然後在那裡等待下一次掃描。」

這對一路闖到這裡的ＭＭＴＭ來說是有點軟弱的作戰。如果還是大衛擔任隊長的話，應該不會採取這樣的作戰吧。

但是……

「知道了。」

「了解。」

「嗯，還是不能太莽撞。」

剩下來的三個人沒有提出異議，答應之後就改變了前進的方向。

ＭＭＴＭ的成員一邊等待十三點二十五分到來，一邊來到通往中庭的走廊前端。傑克蹲在畫有「ｉ」符號的牆壁旁，另外三個人各自隔開數公尺的距離圍著他。

「好寬敞……幾乎快忘記這裡是船裡面了……」

只從轉角露出眼睛的健太，對眼前的光景感到難以置信。

中庭是夾在兩棟巨大建築物之間，長３３０公尺，寬50公尺的空間。

該處的設計概念是「巨大的購物街」。

左右兩邊就像一般的商店街那樣並排著許多店家。除了能夠購物的商店之外，也有餐廳和咖啡廳。

當然現在已經全成了廢墟，不過保存狀態跟其他地方比起來已經算比較完善，一眼望去還能夠看出過去的模樣。看來是「難民在這裡生活過」這樣的設定，店內以及門口都能看到床墊、毛毯以及脫下來亂丟的衣服。

中庭的中央與左右兩側有車子應該也能通過的寬敞通道，上面還鋪設著石板。不過不是真正的石頭，而是製作成更為輕量的地磚。

為了讓散步的人欣賞風景，中央通道的兩旁還像公園一樣設置了樹籬和樹木。目前花草已經全部枯死，另外也能看出樹籬被挖起來改變成田地的模樣，應該是拿來種植薯類了吧。四處可見的長椅也都已經生鏽了。

中庭的中央附近，也就是船的中央附近是一座遊樂園。可以看見旋轉木馬、咖啡杯、旋轉式鞦韆等幾種遊具。明明已經在船裡面，遊具當中竟然還有直向搖晃的海盜船。

從中庭往上看就能看得見天空，雨當然會直接降下來。不論是商店還是遊樂園，設備都因為生鏽而破爛不堪。

中庭裡面沒有任何燈光。不知道是完全失去電力，還是總開關被關上了。但從紅灰色天空照下來的亮光，讓這裡沒有因為昏暗而看不見的角落。

接下來的敵人，也就是背叛者小隊所在的艦橋，就在往船首方向穿越中庭後的上方。

ＭＭＴＭ將下來的行動，將因為這支敵方小隊的位置而產生很大的變化。

如果ＢＴＲＹ的所有成員都還躲在艦橋裡面的話——

那對自己的小隊來說就相當僥倖。一口氣通過不用害怕被槍擊的中庭，然後從船首這邊的樓梯衝上去，就能在艦橋周邊展開擅長的室內戰了吧。當然還是得注意伏擊與陷阱就是了。

如果ＢＴＲＹ的四個人各自散開，躲藏在船內各處迎擊我方的話，也同樣是再歡迎也不過的發展。

迅速衝入該處進行攻擊，在保持火力優勢的情況下一個一個把他們幹掉就可以了。就像對付ＳＪ１時躲在太空船裡的小隊那樣。

當然，前隊長大衛所隸屬的背叛者小隊不可能沒有注意到這些事情。

為了封鎖我方「擅長室內戰鬥與小隊合作」的強項，他絕對會和那個不知道會有什麼舉動的瘋女人Pitohui一起訂立某種有用，而且超乎我方想像的作戰。

「那麼，對方會採取什麼樣的行動呢……」

當傑克以八成不安，兩成期待的心情這麼呢喃時，掃描就開始了。

上次明明是從上面的樓層，這次卻是從最下方開始掃描。看來掃描的起點每次都會改變。

傑克讓伙伴們警戒走廊的前後方，由自己代表小隊觀看掃描。

甲板１到甲板２沒有任何人影。

而待在甲板３船首附近的是ＬＰＦＭ的三個人。

除了樓層不同之外，他們和上一次的掃描幾乎是待在同樣的地方。看來只是爬上階梯而已。之所以沒有積極展開行動，很可能是為了爭取恢復HP的時間。

「粉紅色小不點他們還在三樓的船首，可能是在回復當中吧。不過那個粉紅色小不點的速度根本不是人類，所以要特別警戒。同甲板看不見那些女人的身影。很可能已經全滅了。」

傑克迅速報告著重點，同時等待掃描往上升。

明明一秒就會掃描一個樓層，卻感覺速度相當慢。在期待掃描快點來到甲板10的情況下等了數秒——

在客船中庭接近船尾的左側，絕對是我方目前所在的地點就正確地顯示在接收器上。

由於到這裡都沒看見SHINC，所以已經可以確定她們全軍覆沒了。

而且可以知道BTRY沒有任何成員在同一個樓層。同時我方的所在位置也已經被他們發現。

雖然做出大衛的槍榴彈立刻從高樓層飛至的覺悟，但是沒有受到任何攻擊。

這麼說來，是不在附近嘍？

「娘子軍確定全滅了。背叛者小隊不在同樓層。等待樓上的掃描。」

傑克的發言傳達給緊繃著神經等待結果的同伴們。各自把突擊步槍架在肩膀上的三個人，擺出了食指隨時可以扣下扳機的態勢。

掃描逐漸往上方的樓層前進。甲板11、12、13、14都沒有任何顯示就直接通過——

「到14都沒看到人……」

直接上升到甲板15、16……

「16。還是沒看到……」

不會還悠閒地待在艦橋裡吧？大衛和Pitohui隸屬的隊伍會如此溫吞？

傑克頭上浮現好幾個問號。

然後到了甲板17。

「什麼！所有人都還在艦橋！」

傑克驚訝地這麼報告。

接收器畫面上，映照出ＢＴＲＹ的四個人全聚集在艦橋的模樣。也就是沒有任何能立刻攻擊我方的人。

「好！中庭安全了！全員跑起來！」

「了解！」「太好啦！」「ＯＫ！」

處於緊張狀態的三個人傳回高興的聲音，接著ＭＭＴＭ的四名成員就往中庭衝去。

即使該樓層的掃描結束，還是會顯示玩家的位置六十秒。

在Pitohui所看的接收器當中，顯示傑克、波魯特、健太以及薩門等名字的光點正朝著中庭猛衝。

不知道是在顯示自信，還是在表示現在就過去，他們似乎完全不打算向我方隱藏自己的行動。

四個人就這樣快速朝船首移動——

「啟動。」

Pitohui做出了命令。

「行動了！」

「很好！幹掉他們！」

看見ＭＭＴＭ展開突擊的酒場觀眾……

「哦？」

比任何人都快注意到那種現象。

「下雨嗎？」

畫面中出現斜向的水滴。

一開始只有僅僅數滴，但數量立刻就增加，最後變成猛烈的降水。

面對宛如豪雨般的水滴……

「啥啊？開始下雨了？」

跑在前頭的健太注意到這一點，於是抬頭看向天空。這時從夾在兩棟大樓之間的空間降下水來，健太的臉不久後就濕透了。

大雨打到奔跑的他臉上，自然地濺入口中……

「嗚哇！好鹹！」

健太繃起臉來。

「搞什麼？還以為是下雨，原來是海水啊？」

跑在後面的薩門也說出同樣的話。雖然ＧＧＯ裡所下的都是裡面不知道含有什麼成分的雨，但是也不至於鹹到如此誇張的地步。這無論怎麼看，不對，應該說無論怎麼嚐都是海水。

他們持續著突擊行動……

「為什麼海水會從天而降……？」

傑克瞪大了眼睛……

「難道海平面幾乎和左右這兩棟建築物同樣高度？」

波魯特做出瘋狂的回答。如果是這樣的話，船尾的部分應該早就沉沒了。

「啊，這不是雨。是灑水器的水。」

健太邊跑邊指著天花板的一點。

從客房的露臺下面凸出一條小水管，然後有大量的水從該處噴出，不對，應該說被噴出來。

從這裡無法得知總共有幾個噴出口。由於各個樓層似乎都有，所以絕對不只十幾二十個。

從大量的灑水栓降下大量的海水。中庭的石頭地板一瞬間就因為「人工豪雨」而濕透，甚至開始出現水窪。

視界因為水滴與水霧而惡化，剛才還能看見的終點，也就是中庭船首側的盡頭已經看不見了。

應該剩下150公尺左右吧。大概是剛跑過一半的距離時。

「狀況太惡劣了吧……」

在海水豪雨中奔跑的健太如此抱怨……

「但是也沒有傷害認定，而且這樣對方也不容易看見我們，應該沒關係吧？」

跟在後面的薩門做出樂觀的發言。

確實在這種情況下，就算BTRY的眾人前來迎擊，也不必太擔心會被從遠方狙擊吧。

MMTM在宛如打翻了水桶的豪雨當中輕快地奔馳，朝著遊樂園區域靠近。距離作為目標的終點大概剩下100公尺左右。

開始降水才短短數十秒，中庭就已經浸在水中。不知道是中庭的排水力原本就比較低，還是抽水馬達完全沒有作用。降下來的雨完全沒有流掉，反而不停地累積。

四個人就在連靴子上方都浸在水裡的情況下，啪嚓啪嚓踢著積水持續奔跑著。

早已經全身溼透的他們，根本不在乎這種事情了。

雖然槍械也全部濡濕，但軍用槍不會因為這種事情就故障。

彈殼裡的火藥就算浸在水裡一陣子也能夠點燃，願意的話也能在水裡射擊。只不過子彈幾乎不會往前進就是了。

真要說有什麼影響的話，就是光學槍在雨和水霧當中威力會減弱許多。不過他們四個人當然沒有這種武器，所以就算下雨也無所謂。

「沒問題了！室內戰鬥的話我們就有機會獲勝！」

現任隊長傑克邊笑邊露出狡獪的笑容，結果海水也灌入他的嘴裡。

「好鹹！」

這個時候──

跑在前面的健太通過旋轉木馬旁邊。

跟在後面的薩門正好在旋轉木馬旁。傑克則是在咖啡杯旁邊。最後面的波魯特來到海盜船旁邊。

「沒關係。打開吧。」

Pitohui在艦橋做出命令的下一個瞬間——

MMTM的四個人就死亡了。

跑動著的四個人，身體全部一起僵住。

原本運動著的手腳，全都像被綁起來一樣無法動彈。手離開自己的槍械，只以肩帶掛在身體上。

男人們變得像木棒一樣的身體，因為傷害認定而全身發出鮮豔的紅光。

接著在奔跑的姿勢下從臉部直接插進水裡，整個人趴在地上，讓水掩蓋過頭頂。

依然沒有一個成員能夠行動——

幾秒鐘後，他們身體上就冒出「Dead」的標籤。

螢幕中的四個人突然發出紅光，然後倒下來被判定立刻死亡，看見旁邊出現4這個死亡人數之後……

「發……發生什麼事了？」

「ＷＴＦ？」

「啥啊……？」

沒有任何觀眾能夠了解狀況。

雖然視界受到降雨的影響，但轉播畫面中還是可以很清楚地看見男人們奔跑的模樣。所以知道他們沒有被擊中，也沒有被捲進槍榴彈的爆炸當中。

說起來，應該是發動攻擊者的Pitohui等背叛者小隊，從剛才就一直待在艦橋裡面。

另一個螢幕裡的影像，映照出Pitohui站在艦橋的操縱臺前，而艾爾賓、伊娃與大衛則是為了防止敵人入侵，把手上的槍械對準入口。當然從這裡到中庭還隔著許多道牆壁。

那麼是蓮他們這另一支存活的小隊幹的好事嗎？這也不可能。他們三個人還躲在甲板3的走廊上，等待受重傷的Ｍ恢復ＨＰ。

那到底是誰，又是用什麼方法殺了ＭＭＴＭ的四個人呢——

「我想應該很順利。『克拉拉』，可以停止了。」

知道四個人死因為何，應該說就是殺人凶手的Pitohui先開口這麼說……

「不過，還是不能百分百肯定，可不可以幫忙確認一下？為了慎重起見，你們三個一起去吧。下次掃描就你們三個人一起看。雖然應該還不會上來，不過還是得小心蓮的突襲。」
接著又對入口處的伙伴們如此宣告。
臉上出現複雜表情的大衛、表情跟平常一樣冷酷且嚴肅的伊娃，以及看不見臉孔的艾爾賓……
「知道了。」
「好。」
「那麼……」
就並肩離開了艦橋。這個時候是十三點二十七分。
伙伴們和攝影機標誌離開後，自己一個人待在艦橋裡的Pitohui……
「呼……」
就當場癱軟到地板上。
這時候「克拉拉」……
「怎麼了嗎？身體不舒服？」
對著仰躺在豪華船長席旁邊的Pitohui這麼問道。Pitohui暫時把左耳上的通訊道具拿下來……
「啊，嗯……全身發軟。」

「這樣不行。是生病了嗎？」

「不，只是腦部覺得很累。所以精神傳達不是很順暢。如果是AmuSphere應該就會被強制登出了……NERvGear萬歲……幸好我有把你留下來……」

「為什麼會如此疲憊呢？有沒有我能幫忙的地方？要不要叫船醫過來呢？」

「理由很簡單。昨天工作太累了。平常在演唱會隔天，這副身體都會累到派不上用場。所以『克拉拉』沒辦法幫什麼忙。不過我還有事情想要妳做，妳就幫我處理這邊的事情吧。」

「我知道了。請盡量吩咐吧。」

十三點二十九分。

「唔……所有人都死了……」

伊娃在能往下看見甲板15中庭的位置，以VSS的瞄準鏡窺探情況並這麼說道。

距離她數公尺的旁邊，大衛也同樣透過STM—556的瞄準鏡來看著過去那幾名同伴的背部，然後可以看到浮在上面的四個「Dead」標籤。

灑水器已經停止。屍體就趴倒在累積於中庭的薄薄一層海水上面。

「真的從艦橋打倒他們……太厲害了……——Pitohui小姐，成功了！」

打從內心感到佩服並做出報告的是看不見臉孔的艾爾賓。

他用自己的耳目，看見也聽見了Pitohui的所做所為。

幾分鐘前，得知MMTM開始突擊中庭的Pitohui，隨即對「克拉拉」下達命令。

而且僅僅只有兩道命令。

首先是讓船內所有灑水器開啟最大灑水量。

明明沒有任何火災，「克拉拉」還是魯直地遵從命令，讓船內不知道幾萬個灑水栓開始全力灑水。

通常船內的灑水器是使用儲蓄在水塔內的普通淡水，但是水塔的儲水量並不大。或許本來就沒有什麼存量了吧，水塔內的水立刻被灑光，於是便開始使用周圍用之不盡的水源。這裡指的當然就是海水了。

然後Pitohui又對「克拉拉」做出下一個命令。

她要「克拉拉」打開中庭內所有電源開關。

中庭裡設置了遊樂園。該處有好幾種由電動馬達驅動的遊具。因為是要快速移動沉重的物體，所以使用的電壓與電流都相當驚人。

「真的可以嗎？待在那裡的人類可能會觸電而死。」

「克拉拉」為了慎重起見而做出這樣的確認，Pitohui則簡短地回答：

「沒關係。打開吧。」

＊　＊　＊

十三點三十分的掃描是從上面開始。

看著掃描的伊娃……

「只剩下蓮他們嗎……」

就以險峻的表情這麼呢喃著。

十秒之後，全身溼透的蓮看見掃描降到我方所在的甲板3……

「只剩下我們嗎……」

就以險峻的表情這麼呢喃著。

「ＬＰＦＭ仍在下面，所以這陣子應該還沒問題吧？我去外面看看！」

艾爾賓說完就轉過身子。

他背負著ＸＭ８跑了起來。不斷地奔跑著，穿越沒有任何人的船內。

一名科幻士兵奔跑過的走廊，牆壁上面——

用英文寫著「不要捨棄希望！」「我們要活下去！」「成為新世界的亞當夏娃吧！」「地球真是美麗」「我們不會重蹈覆轍」等句子。

艾爾賓跑上兩層樓的階梯，來到跟艦橋同一層的甲板17。用力推開右舷沉重的門，來到艦橋右側寬敞的瞭望甲板。

扶手前方可以看見一整片汪洋……

「…………」

艾爾賓以似乎要將其捏彎般的力道握著扶手並眺望著周圍。

海洋的模樣已經有了很大的變化。原本平穩的海面早就煙消雲散，到處可見驚天的大浪。因為這是一艘巨船，所以船內幾乎感覺不到搖晃。

雖說朝著大樓前進，但是根本不知道它在哪個方向。艾爾賓從水平線的右端看到左端……

「啊……」

發現了。四角形大樓的最上面三層，稍微從灰色沙漠般的海洋裡探出頭來。而那正是船前進的方向，所以才會從船首後面往右邊顯現出來。

目前還剩下800公尺左右的距離。艾爾賓使用頭盔的望遠機能……

「啊啊！」

看見了。是同伴們。五名同伴還在屋頂上，他們看見靠近的大船了。裡面還有人揮著手。

「Pitohui小姐！我看到大家了！他們全都平安無事！謝謝妳！真是太謝謝妳了！」

艾爾賓以興奮的聲音向伙伴們的救命恩人表達謝意。

接下來得想出讓他們順利移動到船上的方法，而且就算順利來到船上，也不知道該以什麼條件來重新開始戰鬥才好。

但就算是這樣，現在還是單純想為原本以為沒救的伙伴能夠存活下來並且回歸ＳＪ３感到高興……

「太棒了！太棒了！實在太棒了！」

艾爾賓在甲板上不停地跳躍。

當他這麼做的期間，船也不斷往大樓靠近。雖然不清楚正確的數字，總之是相當快的速度。可以說是全力往該處衝刺。

短短幾十秒之間，大樓就離客船相當近了。

艾爾賓雖然對於船隻完全不了解，但是不踩煞車減速的話，似乎就要超越大樓了。

「Pitohui小姐，請把船停下來。」

艾爾賓這麼說道，但是沒有得到回答。

「Pitohui小姐？」

他等待了幾秒鐘。但還是沒有回答……

「怎麼了？」

大衛感到擔心的聲音透過通訊道具傳到艾爾賓耳朵裡。

「沒有啦，Pitohui小姐一直沒有回——」

艾爾賓的聲音倏然中斷。

因為船稍微往左傾斜了。也就是說，開始往右回頭……

「咦……？」

等船首準確地朝向不斷迫近的大樓，就算完成了改變航線的工作。

當T—S小隊存活下來的五個人看見巨大豪華客船往自己的方向而來時，真的是興奮到手舞足蹈。

「太棒啦——！」

「往這邊來了！」

「得救了！」

「在島嶼中央的就是那個嗎！」

「艾爾賓來救我們了！」

除了００２之外，身上穿戴著００１到００６編號的護具男們，果然是高興地又叫又跳。

剛才那沒有任何人開口的喪禮般氣氛頓時一掃而空。

靜靜往上升的海水，是比任何怪物都要恐怖的存在。當它逼近到只差四層樓的距離時，真的覺得已經沒救了。甚至覺得與其這麼溺死，還是乾脆投降從ＳＪ３退場算了。

而海平面上升到剩下三層樓的距離時就停下，總之是免於溺死的命運了。

五個人雖然茫然抬頭看著天空，羨慕著在某處進行當中的戰鬥，但還是意氣消沉地談論著，說不定剩下來的兩支隊伍一起同歸於盡，自己的小隊「再次」獲得優勝這種可能性相當低的話題。

船看起來已經像山一樣高了。

巨大的船以不符合巨軀的速度往這邊過來了。

往這邊過來了。

往這邊過來了。

「奇怪？」

「哦哦？」

「咦？」

往這邊衝過來了。

往這邊衝過來了。

「奇……奇怪了？」

「大家快逃！」

「咦？逃到哪？」

往這邊衝過來了。

艾爾賓從船上——

酒場的觀眾從空中——

實際在現場的五名T—S成員都看見了。

巨大豪華客船全力朝著大樓衝撞。

首先是附著在船首下方的球形船首開始陷入水裡的大樓側面。

緊接著，破浪的船首就直接撞上大樓的側壁。

細長的大樓不可能抵擋得了巨船所帶著的動能，即使船首稍微損毀，還是不停地打破水泥並且前進。

「嗚呀啊！」

「咚咿！」

「為什麼！」

「噗呀！」

當T—S眾成員到處逃竄時，腳下大樓的屋頂就紛紛崩塌，被船首分斷成左右兩半。

存活到現在的五個人這時終於隨著鋼筋水泥的瓦礫掉落灰色海洋，然後就此沉沒。

對於看著螢幕畫面的酒場觀眾來說，看起來就像是小小垃圾從崩毀的大樓掉到海裡面，但他們都很清楚那是人類……

「嗚咿……」

「太慘了……」

「還有這種殺人方法嗎……」

「到底是怎麼一回事？」

「我知道為什麼會這樣。都是Pitohui害的。」

可以聽到有人說出這樣的感想。

當時艾爾賓他……

「Pitohui小姐！請把船停下來！請把船停下來！」

即使這麼大叫，還是一直看著情況。

看著自己剛才也在那裡，然後現在伙伴依然在上面的大樓——簡直就像被踏扁的煎餅一樣粉碎。

巨船的速度完全沒有減緩，無情地把該大樓海面上連同海底下的構造物全部破壞掉。造成的些微振動也傳達到他的手腳上。

「啊——！啊——！啊——！啊——！啊——！啊——！」

艾爾賓這個時候就只能放聲大叫。

一切都是在短短幾秒內發生的事情。

剛剛還是大樓的地方已經來到自己腳下，但那裡已經不存在任何東西。也沒有任何物品漂浮在海面上。只能看見灰色海洋與波浪。

「…………」

艾爾賓跑了起來。

目標是就在附近的艦橋。

「Pitohui小姐！」

邊叫邊衝進艦橋的艾爾賓所見到的是跟剛才沒有兩樣的艦橋內部，以及……

「咦？」

整個人趴倒在船長席旁邊的Pitohui。

她的愛槍ＫＴＲ—０９就滾落在身體旁邊。右手雖然朝它伸去卻還是搆不到，左手則是壓在腹部底下。

「咦？」

一瞬間腦袋停止運轉的艾爾賓緩緩靠近，在Pitohui旁邊蹲下來後……

「咦？那個……醒醒啊？」

畏畏縮縮地搖晃穿著藍色連身服的肩膀。

對方沒有反應。雖然加強了搖晃的力道，但她還是一點知覺都沒有。

只不過，因為沒有浮現「Ｄｅａｄ」標籤，所以絕對還活著。往視線左上角的ＨＰ條看去，也能看見Pitohui毫髮無傷的生命值。

「怎麼了？發生什麼事？剛才的奇怪振動是什麼？」

伊娃的聲音傳到艾爾賓耳裡……

「船……撞上了大樓……大家都死了……Pitohui小姐倒在艦橋……沒有任何反應……但是又沒死……」

「啥啊？」

可以聽見伊娃發出莫名其妙的怪聲。

「這到底是怎麼了？發生什麼事情？怎麼會變成這樣？」

當艾爾賓稍微陷入恐慌狀態時，大衛尖銳的聲音就衝進他耳裡。

「艾爾賓！現在立刻離開那個臭女人！」

艾爾賓沒辦法回答大衛了。

因為有藍白色光棒從他頭盔的下顎處貫穿到後腦杓。

藍白色光棒連結著一根銀色筒狀物。

銀色筒狀物就握在深藍色袖子底下的左手上。

是趴著的Pitohui以光劍使出的突刺。

「…………」

看不見表情就僵在該處的艾爾賓，不久後雙肩就無力地下垂，靜靜地戰死了。

「嘿咻！」

Pitohui收起光劍的劍刃，同時靠著往後彈跳來起身。

艾爾賓穿著護具的身體從胸口重重地倒下。「Ｄｅａｄ」標籤隨著嗶咚的聲音亮了起來。

Pitohui用手碰了一下左耳關上通訊道具後……

「哎呀，小衛衛這個傢伙第六感真的很敏銳。本來還想再玩一下。」

她這麼自言自語完之後才轉身來到操縱臺前面。

「『克拉拉』，很帥氣的衝撞喲！幹得好！」

「您的褒獎讓我備感光榮。我只不過是實行您的命令而已。」

「克拉拉」這麼回答時，手錶的時針就指著十三點三十五分。

在甲板15看著接收器的大衛……

「Pitohui……妳這傢伙……把艾爾賓殺掉了嗎……」

將自己的預測轉變成確信。

從視界左上的同伴ＨＰ條，可以判明艾爾賓死亡的事實。

雖然不知道他在哪裡以及如何死亡——

但光是從最上層開始的掃描顯示出艦橋只有Pitohui一個人，就能捨棄蓮悄悄去到該處，無聲地讓Pitohui無法動彈，然後殺掉回到艦橋的艾爾賓這種些微的可能性。

蓮他們三個人依然在距離遙遠的甲板7。目前存活的包含自己、Pitohui以及伊娃在內共有六個人。

接著Pitohui就以通訊道具做出了回應。

「這哪有什麼，我只是送他去和沉入海底的同伴團聚而已。」

用的是簡直就像說「要感謝我啊」一般的口氣。大衛毫不隱藏自己的厭惡感……

「哼！讓客船衝撞大樓也是妳下的命令吧！」

「沒有證據就把人當成犯人，實在讓人太痛心了。嗯，不過確實是我啦。我可是打倒了敵人耶。沒有必要遭受非難吧。艾爾賓小弟呢，我已經讓他作了場『或許能解救同伴！』的美夢了。他應該感謝我才對。我怎麼這麼好心呢！」

「Pitohui……我很清楚妳這傢伙是無可救藥的臭女人，但原本認為妳對於這個遊戲還算是認真。打倒敵人是沒關係，但雖說是硬被湊起來，艾爾賓依然是同一小隊的伙伴，想不到妳竟然會謀殺他。我真是看錯妳了。」

「哎呀，討厭啦。這樣誇獎我也沒有獎品喲。應該說，你沒看上一屆的影像嗎？」

「最後要跟妳說一句話。」

「什麼話？愛的告白？」

「現在妳是我們的敵人了。」

大衛說完的同時就把手貼在左耳上，像要表示跟妳無話可說般關上了通訊道具的開關。

塗了綠色迷彩的臉上燃燒著憤怒與鬥志。他把臉轉向伊娃……

「妳也跟我來。我們先幹掉Pitohui。」

伊娃也摸了一下左耳。然後……

「我了解你的心情，但我無法奉陪。」

「什麼？」

「我想戰鬥的對象是蓮。我想拿出全力與她戰鬥。」

「…………」

「不過，我不會從背後襲擊試圖殺害伙伴的你。那麼，盡情地去戰鬥吧。」

「…………這下子還真不知道該不該感謝妳了……」

留下這句話後，大衛便轉過身子，背對著伊娃跑了起來。

把ＳＴＭ—５５６架在身體前方的他就從甲板消失在船內。他的目標是艦橋。

伊娃則是默默目送他離開。

SECT.15

第十五章 Turn Over

甲板5的船右側直向走廊上，渾身溼透的蓮就在樓梯旁邊看著十三點三十五分的掃描……

「為什麼會這樣？上面到底發生什麼事了？背叛者小隊有一個人消失了！」

打從心底無法理解的蓮以相當大的聲音喊叫。

同樣渾身濕透且雙手拿著MGL—140的不可次郎……

「被Pito小姐殺掉了吧？」

「怎麼可能。」

蓮忍不住這麼吐嘈，但在不可次郎身邊回復完HP的M……

「不，那傢伙確實可能這麼做。」

也立刻同意這個看法。因為SJ2快要結束時，M也因為偷偷幫助蓮而被憤怒的Pitohui擊殺。

「就這樣放著不管的話，背叛者小隊甚至可能會被Pito一個人毀滅。」

「那真是太好了，M先生。我們就繼續悠閒地待在這裡吧？」

不可次郎以有些開玩笑也有些認真的口氣這麼說……

「雖然是不錯的主意，但已經沒辦法這麼做了。水又升上來了。」

M望著樓梯下面這麼回答。

「這麼快？」

蓮一看之下，發現海水已經一點一點升上我方小隊才剛爬過的樓梯。這是船內進水越來越嚴重的證據。沉沒後依然發著光的照明，在略顯汙濁的水中森然搖晃著。

蓮他們至今為止都是採取「盡可能拖延到上一層去的時間。如果敵方小隊迫近的話就避開戰鬥專心逃竄躲藏」的作戰。

這麼做的理由有二。

第一是為了等待M的HP回復。

要讓在和塔妮亞的戰鬥中幾乎全損的HP完全恢復，必須用光三根急救治療套件，總共需要九分鐘的時間。SJ裡的九分鐘可以說相當漫長，這段期間完全不戰鬥更是難上加難。

第二個理由是為了讓強敵MMTM與背叛者小隊互相殘殺。

如果MMTM往這邊過來的話——將會造成重大危機。

老實說，他們已經訂立好計畫。當判斷無法所有人都逃走的時候，就會把打開盾牌的M留在通路上讓他獨自犧牲。如果情況許可，不可次郎就發射電漿彈頭槍榴彈，把M和對方一起殺掉。

幸好MMTM選擇了與背叛者小隊對決。然後不知道發生了什麼事，他們四個人突然在五分鐘前消失了。

話說回來，這艘滿目瘡痍的船還是不停地進水。不過其中一個，而且是最大的洞就是我方炸出來的就是了。

待在甲板3時海水也慢慢上升，於是急忙爬到甲板4。等那裡也浸水後，沒辦法的三個人就爬到甲板5。

在前頭架著P90的蓮爬上樓梯……

「進了這麼多水，這艘船真的沒問題嗎……？不會沉沒嗎？」

蓮畏畏縮縮地這麼問……

「不知道。」

M則即刻做出回答。

「那個臭女人！」

由於通訊道具已經關上，所以大衛便放聲大罵並跑上階梯。

還是豪華客船的時候，應該有許多客人帶著笑容從這條寬敞的折返式樓梯上擦身而過吧。

現在卻已經變得老舊且骯髒，扶手上面還掛著無數破布——說不定它們全是某人的衣服。

爬完樓梯後就看見甲板17寬敞的空間，前方則是通往艦橋的門。

大衛把加裝槍榴彈發射器的ＳＴＭ—５５６架在肩膀上，在立刻能射擊的狀況下急奔。他打算只要看見什麼會動的東西，就認定是敵人而直接扣下扳機。

但是，很不可思議的是，大衛內心有著某種確信。

他相信Pitohui不會在途中發動攻擊。

那個女人，一定會在她名為艦橋的城堡裡等待自己。

「等著吧！魔王！」

就像Pitohui一開始進入時一樣，大衛也一腳踹開通往艦橋的門。這是完全不考慮到對方可能設置了詭雷的開門方式。實際上也確實沒有陷阱。

「我來了！」

大衛光明正大地報上姓名。

當然，他還是毫不鬆懈地架著ＳＴＭ—５５６。打算只要一有任何風吹草動就毫不留情地往該處開槍。

然後艦橋裡……

「…………」

沒有任何會動的東西。

大衛可以一眼望盡這個跟教室一樣大的空間。但裡面沒有任何人。

3公尺左右前方的右側，有一名全身護具加上頭盔的科幻士兵趴倒在地上一動也不動。他的XM8突擊步槍掉落在身旁。

艦橋中央雖然有操縱臺，但是其後方沒有足夠躲藏一個人的空間。

大衛迅速移動視線，然後就看見了那個。

剛才完好無缺的玻璃窗已經破了一塊。

艦橋最左側的角落。厚厚的玻璃窗已經破了一個足以讓人鑽過的大洞。從該處吹進來的風發出了細微的低吼聲。

大衛衝入艦橋到現在不過短短兩秒鐘。

「可惡！」

被Pitohui逃走而咒罵了一聲的大衛，隨即發現不對勁的地方。

原本應該有的東西消失了。

大衛把槍朝向「那個」，和「那個」起身來抓住槍械幾乎是同一時間發生的事。

起身的「艾爾賓」以雙手抓住ＳＴＭ—５５６的槍身，然後以體重硬把它拉過去。當然還為了不被擊中而把身體從槍口移開。

與其強行抵抗而被拉倒，大衛很乾脆地選擇了放棄。

雙手放開槍之後，空下來的右手就伸向腰部的槍套，握住該處的Ｍ９—Ａ１手槍並且拔出……

「去死吧！Pitohui！」

當全身護具的傢伙把自己的突擊步槍往後拋時，大衛也毫不留情地扣下扳機。

艦橋響起一連串槍聲，14發空彈殼飛舞在空中——

不過全身護具的傢伙沒有倒下去。

從至近距離發射出去的９毫米口徑手槍子彈，全部被護胸與頭盔彈開了。

「可惡！」

往前靠近一大步的護具人對著滑套完全後退的Ｍ９—Ａ１揮出手掌，將其打飛到艦橋的邊緣。

往三步後方跳去的大衛就這樣和護具人互瞪。

「殺人後竟然還搶奪裝備！妳終於淪落成『強盜』了嗎！」

大衛露出輕視的表情這麼大叫，護具人就輕輕揮動左手，下一刻護具就開始脫落了。穿在身上的鎧甲紛紛從手腳、胸口以及背部掉落。全罩式頭盔臉龐的部分往後打開，然後整個往後方掉落。

護具在艦橋地板上發出沉重的落地聲，最後裡面的人終於現出身影。出現的是身上穿著緊身深藍色連身服，身上沒有任何裝備品，臉龐上有幾何圖形刺青的女人。

女人臉上掛著笑容。

「你說得沒錯。搶奪死人的裝備確實不是什麼好事。但是，在這裡戰鬥的傢伙，全是受到這種對待也沒有怨言的傢伙吧？我想艾爾賓應該也不會介意才對。」

面對以開心口氣這麼說道的Pitohui，大衛也咧嘴笑了起來。

「那麼，我把妳幹掉之後，妳也別恨我啊。我不這麼做的話，就沒臉去見我的同伴了。」

「喂喂，這時候應該要接『餓死』的台詞吧？唉……你這傢伙真是令人困擾。得按照劇本來演才行啊。」

「妳……打算持續這些到什麼時候？」

「小衛衛真不合群。接下來要我把的衣服全部剝光，然後發出『呀哈！』的笑聲逃走才對吧？」

「誰要這麼做啊！觀眾會以為我是變態！」

酒場裡的觀眾——

從大衛衝進艦橋之前就看著情況發展，所以先一步發現沒有「Dead」標籤的「艾爾賓」屍體，以及那具屍體的真實身分。

大衛殺氣騰騰往艦橋衝的模樣出現在螢幕當中……

「為什麼那個男人想要殺掉Pitohui？」

「當然是因為那個女人殺掉同伴護具小弟的緣故吧？」

「也不知道Pitohui幹掉他的理由……撞死T—S那群傢伙就還能理解……」

接著他們便屏息注視著大衛衝入艦橋，偽裝成艾爾賓的Pitohui搶走突擊步槍並且擋下手槍子彈，然後雙方進入對峙狀態的過程。

觀眾們看著對話的兩個人……

「互瞪只是暴風雨前的寧靜喲……」

「不知道在說些什麼？這種時候，麥克風至少該收個音吧。」

「一定是在說些很酷的對話……」

完全無法猜中他們在說什麼。

其實誰又能知道，兩個人正拿芥川龍之介的《羅生門》當成對話的哏呢。

「好了，就讓我幹掉妳吧，女強盜。」

艦橋裡的大衛緩緩動著右手。

從腰包裡取出剛才切斷大量逃生小艇鋼索的武器——並非武士刀，而是一把光劍。

有著漆黑劍柄，在店內以「之定N2」這個名字販賣的光子劍。

光劍的命名自有其規則，開頭是採用日本刀的名字來表示設計與機能的差異。接著的英文字母是劍身的長度，從A（短）細分到Z（長）。最後的數字則是光刃的顏色。

「咦？你不問我殺了艾爾賓的理由嗎？」

Pitohui一邊這麼回答，一邊將右手伸進唯一殘留在身上的裝備，也就是背後的大包包裡面。取出來的也是光劍。劍名是「村正F9」。

「反正不會是什麼正常的理由吧？聽妳說些『因為太陽太刺眼』的廢話也沒有用。」

「才不是那麼文青的理由哩。啊啊，真是拿你沒辦法。我就特別告訴你，當成下地獄的禮物吧。」

接著Pitohui就用拇指轉動輪盤，把藍白色光刃延伸到空中，並且說著：

「我呢——」

酒場內的觀眾看見大衛一瞬間露出吃驚的表情，下一個瞬間就又像個孩子般高興地笑了起來，然後從手上延伸出紅色光刃。

「那個女的到底說了什麼？」

「最後聽見最棒的消息了！這樣就能毫無顧忌地幹掉妳！」

大衛搶先行動。他縮短兩人間的距離，從右側橫掃出光劍。面對這紅色光刃看起來像扭曲了一般的高速斬擊……

「呀！」

Pitohui將右臂伸向身體左側，再放上自己的左手，以光刃作為盾牌擋住攻擊。

傳出「啪嘰！」的爆破聲，兩把光劍之間飛出光粒。

原本這種光劍──遊戲內的正式名稱為「光子劍」，是ＧＧＯ其中一名開發者帶著玩心所採用的武器。

那名開發者是這麼想的。既然是科幻世界，那就會很想要某知名星戰電影的「那個」。槍的世界裡出現劍很奇怪？誰管那麼多啊。

所以雖然名字和設計不同──應該說為了怕被告而故意做出差異，但使用起來幾乎沒有兩樣。

結果就是像實際的劍那樣，也像是電影裡面那樣，光劍之間可以互撞、互砍、互抵。

Pitohui擋下大衛的劍之後，用上雙手所有的筋力來防止直接被壓下去，同時也善加利用對方的壓力來往後退。

她迅速退向艦橋寬廣的空間，把舉起來的光劍擺在正眼的位置……

「咻！真的很快呢。劍招也相當凌厲。看來你練習了很久吧？」

然後直率地稱讚起敵人。

光劍只有劍柄的重量，是感覺不到劍刃足有1公尺的武器。

因此要是胡亂揮劍的話，可能會發生砍中周圍物體甚至是自身的危險。

要隨心所欲操縱輕巧的物體，讓其快速且筆直地刺出，需要比使用槍械更嚴格的鍛鍊。而且和以劍為主要武器的遊戲不同，這裡沒有任何的系統輔助。

自然垂下右手，以劍尖將絨毯地板照成紅色的大衛笑了起來。

「是啊……說起來妳猜的一點都沒錯。上次被妳串成魚乾，這次一定要讓妳嘗嘗那種滋味才算報仇……」

Pitohui以凶惡的笑容來回報對方猙獰的笑容。

「好吧。那這次就換成把你大卸『三塊』吧。」

「少說大話了！」

大衛再次展開行動。他衝了過去，從右側使出同樣的斬擊——結果只是虛晃一招，在差一步的位置急遽將身體往右旋轉……

「嘿啊！」

往Pitohui的右肩使出一記迴旋袈裟斬。

啪嘰！

Pitohui沒有上假動作的當，以雙手舉起光劍，擋下身體分成兩半的危機。

這次是Pitohui的筋力獲勝了。看見大衛朝上方高高彈起的劍，Pitohui立刻擺出突刺的姿勢……

「哎呀。」

但是沒有踏出腳步。

大衛將右手在高處的劍柄旋轉180度，反手將劍往下刺落。

如果Pitohui往前踏出一步的話——

劍刃就會筆直地從她的頭上落下。

這樣就會正如大衛的宣言被做成串魚乾。

兩度的劍擊無法分出勝負，再次拉開距離的大衛與Pitohui……

「呼……」

「咻……」

幾乎是同時呼出一口氣。

大衛緩緩抬起右手，再次迴轉劍柄變成正手握劍。這個時候也趁機望了一下手中的銀色筒子。

「啊哈哈！注意到了嗎？」

Pitohui咧嘴笑了起來。

「妳這傢伙也一樣吧。」

大衛露出雪白的牙齒，Pitohui則像是要展示給對方看一樣攤開自己的右手。讓對方看見手中銀色筒子旁的小小顯示面板。

上面以條狀圖所表示的是光劍的能源殘量。

雖然玩家視界的右下角也有同樣的顯示，但是直接看手邊比較快，而且也不會讓視線離開敵人。

兩人手中光劍的能源殘量同樣都所剩無幾。顯示都已經變紅，只剩餘幾%的能源。

「反正你也沒有預備的能源包吧？就算有好了，要交換也很麻煩。」

「哼！」

「光子劍的能源是依伸出光刃的時間減少。然後光劍之間互砍的話，就會以猛烈的速度減少。這你知道嗎？」

「妳這傢伙……就是知道這些，才會讓我去砍逃生小艇的鋼索吧？」

「或許吧。」

「但是，妳也跟我一樣──吧！」

大衛第三次跨步比之前更加快速。

以上段的姿勢踩出步伐……

「嘿呀！」

並隨著震天的喊叫聲出劍。這是想以這一擊決定勝負，帶著全身殺意的攻擊。紅色劍刃為了把Pitohui的頭砍成兩半而襲去……

「呼！」

Pitohui把雙手握住的光劍打橫來擋住這一擊。

「噠啦啊！」

大衛的斬擊並非一擊就結束。他迅速且連續擊打同樣的位置兩次、三次……

「嗚！」

每次攻擊都會傳出破裂聲，而Pitohui的身體也被往後推，擋招的光劍角度逐漸傾斜……

「嗞啊！」

第四次的砍擊終於擊敗了Pitohui的光劍，讓她的劍尖指向艦橋的地板。

「納命來啊啊啊！」

大衛第五次的砍擊往無劍可擋的Pitohui顏面襲去——

啪嘰！

再次傳出破裂聲後，就有兩把光劍抵在一起。

「什麼！」

「看吧！太過腦充血，忘記上一次的事情了。」

Pitohui手中光劍的劍柄，從剛才伸出劍刃的相反方向延伸出藍白色光芒。

她的愛劍「村正F９」，特徵就是能藉由操縱轉盤來朝上下某一邊伸展劍刃。上次就是因為這樣腦袋才會被燒焦的大衛……

「可惡！」

露出虎牙並如此咒罵著。

正手從上方往下壓的大衛，以及反手從下方支撐的Pitohui再次糾纏在一起。

這一幕令人想起ＳＪ２裡兩人的最後決戰，不過當時只有一把光劍。

兩人的力量互相抗衡，演變成持劍互抵的狀態。

交叉的劍刃持續發出滋滋的聲音。同時能源殘量也不停地減少。

光刃終於開始變短。兩人的光劍幾乎以同樣的時間與速度變短。最多也只能再撐十幾秒。

「最後得用互毆來分出勝負嗎！那也不錯！」

「你有揍女人的興趣嗎？最討厭暴力男了。」

兩個人就這樣以逐漸變短的光劍互抵，同時還進行著對話。

「妳……妳有資格說這種話嗎！」

「不過呢，互毆我就敬謝不敏了。」

「不會給妳投降的時間！」

雙方的劍刃只剩下20公分。已經變成短刀了。原本在眼前發光的部分已經消失，彼此可以清楚看見對方的臉。

接著大衛就看見了Pitohui的笑容。

那是爽朗又陰險的笑容。

「光劍最大的缺點就是價格貴到不像話，最大的優點除了可以砍斷任何東西之外，還有一個是——」

雙方的劍刃消失之前，兩個人各自往後方跳去。

這個時候，兩個人的手都放開劍柄。變成圓筒的兩把光劍，掉落到地上後發出清脆的聲響。

「噠啊啊啊！」

兩手輕輕握拳，準備以掌底毆擊對方而往前衝去的大衛——

「就是『很輕』喲！」

Pitohui張開伸向背後的雙臂這麼大叫。

她的右手上拿著光劍。

左手上拿著光子劍。

也就是二刀流。放在背後包包的兩把預備光劍就是她隱藏的王牌。

「嗚！」

即使注意到這一點，大衛也已經止不住去勢。

Pitohui一邊往後退，一邊對朝自己衝來的大衛身體揮動雙臂。右手往左，左手朝右，然後立刻折返再折返，總共往返三次。

頭、臉、脖子、胸部、腹部、腰部、腿部——

虛擬角色的軀體被切成好幾個部位……

「這個資產階級者——」

大衛就留下怨嘆的叫聲從ＳＪ３裡退場了。

圓形屍塊的切斷面閃爍著紅色特效光，像是失敗的「達摩塔」玩具那樣散落一地，而面對這樣的大衛……

「啊！糟糕！」

Pitohui在雙手拿著光劍的情況下露出極為懊悔的表情。

「應該要砍成『三塊』才對！早知道直向砍下來就好了啊啊啊啊啊啊！我這個笨蛋笨蛋笨蛋！」

ＳＪ的特徵是不會留下血淋淋的屍體，所以大衛分散各處的屍體就一邊發出光輝一邊無聲地聚集，變成仰躺且露出安穩表情的「遺體」。當然上面還浮現了「Ｄｅａｄ」標籤。

獨自在艦橋的Pitohui在空中動著左手，選擇一併裝備收納在倉庫欄裡的武裝，讓自己恢復成完全裝備狀態。

頭上戴著運動防具般的頭盔，身體上穿著加裝防彈板的背心，兩腿上配置了ＸＤＭ手槍，左腰上掛著Ｍ８７０・Breacher，最後ＫＴＲ—０９也回到她手上。

這些裝備都穿戴整齊後。

「哎呀呀……」

Pitohui就一個踉蹌，屁股直接坐到地上。

「嗚咿，好累……有種噁心的感覺……好想吐啊。」

當Pitohui呼出一大口氣……

「我想您需要休息。請不要太勉強自己了。」

「克拉拉」就對她說出慰勞的發言。

「哎呀，別擔心啦……」

Pitohui以KTR—09代替拐杖站起身後，就用肩帶把它揹起來。接著移動腳步，撿起大衛掉在途中的STM—556來到操縱臺前面。

「目前沒有設定目的地。我們要朝哪裡前進呢？」

Pitohui這麼回答：

「『克拉拉』，我們要渡過三途川，往地獄三町目前進喲。」

「資料庫中沒有登錄這樣的港口名稱。」

「就是這裡喲。」

Pitohui把STM—556架到肩膀上。然後以半自動模式對操縱臺發射了5發左右的子彈。

「請住手。這樣我將喪失機能。」

「克拉拉」用跟至今為止沒有兩樣的口氣這麼說……

「我知道。」

Pitohui繼續射擊。發光的螢幕被子彈擊中後不斷變成黑色。

「請住手。這樣我將喪失機能。請住手。這樣我將喪失機能。請住手。這樣我將喪失機能……」

「夠了──乖乖睡吧。」

當彈匣裡30發子彈全部射光時……

「遵命。晚安了。」

「克拉拉」就留下最後一句話，陷入永遠的沉默當中。

這是十三點三十九分發生的事情。

「嗚喲？」

為了觀看四十分的掃描而偷偷摸摸躲藏在甲板6走廊上的蓮，因為船體突然的搖晃而發出吃驚的怪聲。

除了「為了遠離進水，必須像逃亡般爬上甲板」之外，到剛才為止都持續著很舒適的客船之旅，但腳底下突然開始搖晃起來了。

就像被迫站到放在平衡球上的板子一樣，四周圍全都開始緩緩傾斜、扭動，可以說是讓人很不安的搖晃方式。

「怎麼了怎麼了？」

因為一直沒有戰鬥，蹲坐在地上發呆的不可次郎也抬起臉來……

「簡直就像坐在船上一樣耶！」

等等，本來就是船啊。

蓮只在心中這麼吐嘈了她。這時候M則表示：

「不太妙。看來是失去維持穩定的力量了。」

「什麼意思……真的要沉船了？」

蓮開口提問……

「有這種可能了。」

M回答的瞬間，船內就「喀咚」一聲出現極為劇烈的傾斜。

這次是從前面。整艘船往前倒，簡直像緊急煞車一樣傾斜……

「嗚喲！」

剛才為止還在樓梯下面的海水，「啪嚓」一聲進入了走廊。

早就因為灑水器而全身溼透的蓮等人，雖然不覺得弄溼有什麼大不了，但溺水就不能接受了。水位開始不停往上升。

「快跑！往上爬！」

聽見M的命令後……

「但是掃描——」

蓮話說到一半就停了下來。她的靴子已經完全浸在水裡，甚至開始出現傷害認定了。待在這裡的話不是溺死就是受傷害而死。

開始爬樓梯的三個人身後，數秒前所待的樓層已經被濁流的漩渦吞沒。湧入的水所擠出的空氣，讓身體溼濡的他們感到有風吹動。

「M先生，要爬到多上面啊！」

「盡量往上就對了！」

「現在看著掃描的Pito小姐，會等我們自投羅網吧？」

「應該吧。」

「那麼——」

「妳想和她說話吧？」

「是啊，那不是剛好嗎！」

聽見M與不可次郎的聲音……

「是沒錯——哼，可惡！」

蓮隨著咒罵下定決心後，就以像是要丟下身後兩個人般的速度，實際上也真的拋下兩個人持續跑上搖晃的樓梯。

時間是十三點四十分。

Pitohui在艦橋裡，一邊在搖晃的地板上保持平衡，一邊看著接收器畫面中蓮等人爬上樓梯的模樣。

然後……

「得去迎接才行。哪邊比較好呢？」

由於沒有戰鬥畫面，隔了許久後酒場的轉播畫面才又映照出豪華客船在灰色海洋上疾馳的模樣……

「喂！船怎麼好像往前傾？」

這時候連觀眾都注意到異變了。

「真的耶……猛烈撞擊時進水的關係嗎？」

「不是吧，在那之前就不斷有水灌進去了吧？」

正如某個人所說的，吃水線從之前就不斷下降了，但是因為「克拉拉」一直保持著平衡，所以不太容易注意到不對勁的地方。

船隻前後的平衡稱為「吃水差」，目前的情況叫作首吃水。

船首整個凹陷的豪華客船，目前依然全速乘風破浪當中，但前傾的程度已經可以用肉眼看出來。那明顯不是正常的狀態。

「最終決戰前沉沒，所有人死亡而同時獲得優勝，我可不想看這種結果啊……」

「對啊！我們想看互相殘殺！」

「剩下兩支隊伍，Pitohui與伊娃，對上蓮、不可次郎和M。」

「二對三嗎……」

另一個螢幕裡，映照出蓮等人衝上樓梯的影像。

目前蓮已經衝上十層樓以上的樓梯，到達甲板17了。那裡是具備寬敞空間以及艦橋的樓層。

待在裡面的蓮比任何人都要快注意到那種狀態。

客船現在依然往前傾，同時還持續不規則的搖晃著。而且更恐怖的是，從剛才開始就維持全速前進的狀態。

側面上的洞穴、不可次郎炸出來的洞，以及與大樓猛烈撞擊後應該受損嚴重的船首——不知道有多少水依然從這些地方湧入。

即使如此，現在還是只能前進。

丟下不可次郎與M之後，終於把樓梯爬完了。甲板17。樓梯就到這層樓為止。

當蓮快速衝進寬敞空間時……

「嗨！好久不見！」

Pitohui就以笑容來迎接她。

「咿！」

蓮反射性把P90擺到腰部……

「…………」

但是沒有開火。

該處是極為寬敞的大廳。

面積有數十公尺的開闊平地。到處可以看見構造上用來支撐的柱子。

原本在該處的東西應該是被難民搬出去了吧。現在已經是空無一物。

緊貼在寬闊地板上的紅色絨毯，隨處可看見面積達數十公分的深黑色汙垢。是某個人弄髒的，或者——是「曾經活著的某個人」呢。

整個空間相當幽暗。首先位於船體內部的此處沒有任何一扇窗戶。

天花板上原本有許多電燈，但是只有三成左右發出亮光。剩下來的全被拔下來了。應該是拿去用在別的地方了吧。

Pitohui就在那裡靠在一根柱子上。KTR—09仍揹在她的背上，手中沒有拿任何武器。與蓮之間的距離大概是30公尺左右。

架起P90的蓮與雙手無力下垂的Pitohui。

沉默的對峙持續了五秒鐘左右……

「哎呀？不射擊嗎？小蓮真是溫柔。」

就由Pitohui毫無緊張感的聲音終結了沉默。

「Pito小姐！」

當露出險峻表情的蓮以響徹大廳的聲音如此吼叫時……

「哎呀！有了有了。呀呼！好久不見！」

從後面傳來爬上階梯的響亮腳步聲，然後是感覺不到一絲緊張的聲音……

「不可小妞好久不見！」

Pitohui也揮著手來回答對方。

最後聽見M來到現場的腳步聲，不過他倒是沒有開口說什麼……

「嗨。虧你能活下來。幹得好幹得好。」

Pitohui則是開口慰勞了他。

然後身體緩緩離開柱子，在依然不斷傾斜的地板上走了幾步，大大地張開雙臂。

「那麼，這下子ＬＰＦＭ對背叛者小隊的戰力比就是三比一了，真的要打嗎，小蓮？」

蓮有非得先跟Pitohui問個清楚的事情。

就是這樣才努力活下來並且前進到這個地方。

然後現在已經沒有提問的必要了。

「三對一……果然！果然！——果然是這樣嗎！」

蓮抬頭看著天花板然後這麼大叫。

「果然？」

「果然？」

不可次郎與M對眼前同伴的發言露出狐疑的表情……

「啊，對喔！小蓮妳一直是這麼想的吧。」

Pitohui咧嘴笑著，同時一邊緩緩靠近一邊這麼說道。

「妳一定是想『我們的隊伍裡，其實出現了兩名背叛者小隊的成員吧？』。」

「…………」

Pitohui的靴子踩過紅色絨毯，就這樣橫越保持緘默的蓮面前。

「原來如此原來如此。原來是這樣啊，小蓮。確實不是完全沒有這種可能。」

「…………」

Pitohui通過蓮身邊，靠近後面的不可次郎與M……

「但是，這種可能性機率應該比較大吧。也就是——『我是個大騙子』。」

「…………」

聽到這裡的不可次郎，隨即把手離開MGL—140，然後以肩帶把它們掛在雙肩上。

接著「砰」一聲以拳頭敲打手掌。看來不可次郎是為了這麼做而特別放下武器。

「原來如此！所以是『三對一』嗎！也就是說，我和Pito小姐以及M先生是LPFM，而蓮是背叛者小隊！」

「這麼說來，Pito妳其實沒有被選上嘍？」

M這麼問道……

「你們看到證據了嗎？」

「唔？」

「哪個人確實看見我的接收器上顯示了『你就是背叛者』幾個字呢？」

M緩緩搖了搖頭，不可次郎則開口說：

「話說回來，確實沒看見呢。嗯。」

Pitohui終於站到不可次郎與M身邊。

「一開始我有一半以上是在開玩笑。本來就是這樣吧？因為沒被系統選上的我，也不知道能不能搭上那台奇怪的機械。沒辦法搭乘的時候，本來是準備說『哎呀搞錯了啦，抱歉！耶嘿！』然後吐出舌頭！」

「結果成功搭上去了。」

「就是說啊，不可小妞。這支『背叛者小隊』，還是有讓『背叛者(Betrayer)』光明正大加入的空間喲。不知道是系統的漏洞？還是連伙伴都能殺害的GGO——故意這麼設計的呢？總之我順利和其他背叛者會合，然後在那裡組成小隊。接著一路戰鬥到現在。」

「有BTRY的成員在船內死亡，是妳幹的嗎，Pito？」

蓮就看著現在也相當冷靜的M……

「是啊，M。剛才也把一個傢伙切成圓片了！」

以及今天看起來也很愉快的Pitohui……

「太厲害了！Pito小姐！竟然立下這種汗馬功勞！」

還有總是一臉悠閒的不可次郎並且這麼想著。

我到底在做什麼呢……

至今為止的戰鬥，就像是跑馬燈一樣閃過腦袋。

原本不太想參加的ＳＪ３——為了實現與老大之間女人的約定，就只是為了這個理由而參賽，但是卻完全無法實現。

為了不用和Pitohui戰鬥而以同一小隊的身分參賽，結果不知不覺就變成敵人了。

就因為人格扭曲的贊助者所想的「背叛者小隊」這樣的特別規則，自己在參賽過程中得一直勞心勞力。

這——到底是誰不好？

是自己嗎？

不，絕對不是。

如果是過去的蓮，一定會輕易做出「沒錯就是自己不好」的結論，然後鬧彆扭地想著「反正我就是天生不幸啦」——

但是經過多場戰役，不論是好的方面還是壞的方面都變得堅強的蓮已經不這麼想了。

雖然很想把身為贊助者的作家打個半死，但這次事件的元凶是名字以P作為開頭，i作為結尾的……

「哎呀，我是不是超活躍？盡量誇獎我吧！」

眼前這名扭曲著臉頰上刺青露出樂天笑容的傢伙。

這個混帳東西。

「這……這個……混帳東西……」

終於說出內心的想法了。

「啥？小蓮，妳說話了嗎？」

「嗯，是說了。」

「說了什麼？」

「Pito小姐這個混帳東西——————！為什麼做出這種事！」

「哎呀，這個嘛——」

Pitohui以誇張的動作聳了聳肩，然後用燦爛的笑容爽快地回答：

「是輕易被騙的小蓮妳自己不好吧？」

噗嘰。

蓮的腦袋裡有某種東西斷掉了。

原來是控制忍耐限度的神經斷裂了。

蓮小小的身軀不停地震動。

由於是敏捷度高的角色，所以連震動都相當迅速，甚至看得見殘像，讓她的輪廓顯得有些模糊。

大概震動了二．五八秒的蓮用力吸了口氣……

「Pito小姐——我要宰了妳！真是太剛好了！既然是敵人，我可以毫不留情地全力打倒妳！」

「哦哦，好恐怖！超恐怖的！那就放馬過來吧——！沒錯！我就是希望這樣才會欺騙小蓮！」

「真的要打倒妳！一定要打倒妳！現在就打倒妳！就算哭也要打倒妳！」

「辦得到的話就盡量試吧！Welcome Anytime！」

兩個女人在燃燒鬥志的情況下互相放聲大叫。拿著槍的兩個人卻是用嘴巴吵架。

接著Pitohui的語調瞬間降了八度，像是感到很困擾般表示：

「但是呢，三對一的話根本是在霸凌耶，怎麼辦？」

「嗚……」

當不知如何是好的蓮咬緊牙關時……

「不，是三對二吧。」

響起了某個人的聲音。

微暗空間裡產生炫目黃色光芒並通過蓮與三個人之間。

四個人的眼睛一瞬間喪失視力……

「往正後方跑！」

蓮按照聲音的指示轉身跑了起來。雙眼雖然看不見，但是她毫不猶豫。一起步就是全力衝刺。

「什！糟糕——」

當Pitohui將肩膀上的KTR—09取下的同時，第2發信號彈也橫越她的眼前。

在烏雲密布的天空都能那麼顯眼的信號彈，要是在眼前3公尺處出現的話會怎麼樣？

視界就只能看見它的殘像而已。

「可惡！」

Pitohui這麼大叫，然後放棄架起KTR—09。

「嗚嗚嗚嗚……眼睛！眼睛啊！」

不可次郎當場慌張地左逃右竄……

「蓮逃走了嗎？可以射擊嗎？嗳，可以射擊吧？」

「不行！妳是想殺了大家嗎？」

即使同樣看不見依然相當冷靜的M以嚴厲的言詞制止了她。

這時候絕對得阻止她做出魯莽的行動。一個搞不好的話，不可次郎可能又會發射電漿彈頭槍榴彈了。

「可惡！太專注在蓮身上，忘了還有伊娃了啊啊啊啊啊！」

看來是真的完全忘記其存在的Pitohui，當場趴了下來咒罵著：

「果然拿不出真正的實力……找這個笨蛋笨蛋笨蛋！」

當她這麼叫喚時，第3以及第4發信號彈就通過她的頭頂。

SECT.16

第十六章　最後戰鬥就交給我們

在眼睛完全看不見的情況下全力跑過大廳的蓮——

毫無保留地發揮了實力，以沒有人可以模仿的神速穿越樓層，撞上在那裡的一根柱子。

「噗咿呀！」

幸運的她因為不是正面衝突而被彈往左側。

「嘎！」

直接滾了幾圈……

「咕呸！」

來到樓層的邊緣，撞上該處的牆壁後停了下來。

「過來！抓住我！」

接著從身邊聽到熟悉的某道聲音。

「ＯＫ……」

雖然頭昏眼花且全身發疼，但蓮還是遵照對方的指示，握住以開始能朦朧視物的視界所發現的大手。

「看得見嗎？」

「比較好一點了。Pito小姐呢？」

「沒問題了。好吧，那麼接下來就由我們ＬＰＦＭ的兩個人去幹掉她們吧！」

「了解！」

在傾斜度逐漸增加的大廳裡，恢復視力的兩名女性以險峻卻又樂在其中的表情進行著對話……

「那我呢？」

這時一個男人從旁邊這麼問道。

而Pitohui則是立刻回答：

「插手的話就幹掉你！」

「看得很清楚嘍。我不要緊了。謝謝妳，老大……」

「很好。」

蓮和外號老大的伊娃，正從甲板17的走廊往船尾跑去。

老大原本一直牽著蓮的手，現在終於放開了。

該處是兩棟客房的左舷側，貫穿其中央的筆直長廊。由於沒有窗戶所以很難看出來，不過是緩緩往上傾斜的坡道。

「盡量拉開距離，等待接下來的掃描。現在是十三點──四十四分了。或許沒辦法看這一次的掃瞄了。」

老大的腳程絕對不算慢，但當然沒有蓮那麼快。蓮跟在老大後面……

「總覺得很對不起妳。」

以泫然欲泣的表情道歉。

她的手上拿著衛星掃描接收器。捲動畫面後……

「你就是背叛者。」

上面清楚地顯現寫著這幾個字的畫面。

收到背叛者通知時，對Pitohui的玩笑信以為真，所以自己沒有清楚地表達出來，才會造成Pitohui如此飛揚跋扈。也因此而無法光明正大地與ＳＨＩＮＣ決鬥。

這無論如何都得向她道歉才行。

「真的……很抱歉……」

老大沒有回頭就直接回答再次道歉的蓮。

「哎呀，這有什麼關係嘛。」

「但是！」

這次換成老大邊跑邊轉過頭來，露出不適合她那種嚴肅容貌的可愛笑容。

「我們是同小隊的伙伴吧？」

十三點四十五分。

Pitohui與不可次郎這對搭檔，以接收器觀看目前仍持續移動當中的蓮與伊娃。

「那些傢伙逃走了！搞什麼，快點攻過來啊！」

不可次郎相當火大。

「哎呀，也難怪她們會這樣啦。」

Pitohui則相當冷靜。

全長500公尺的船，再怎麼逃也很難一下子就到達盡頭。

左右兩邊是設置客房房門的走廊——持續在這種坡道上奔馳的兩個人裡，腳程較慢且身體巨大的那一個開口表示：

「雖然速度緩慢，但坡道確實變陡了。這傢伙正在往前傾，到時候船尾會抬上來，最後強度無法支撐而折斷，然後像被往前拖一樣沉沒。」

確實是相當冷靜的分析。現實世界是女高中生的她，對船隻竟然如此熟悉……

「最近才在懷舊電影網站裡看了狄卡皮歐的『鐵達尼號』，所以才會知道。」

謎題立刻就解開了。

「怎麼辦呢，蓮？直接這樣專心逃向船尾然後隱藏起來——或者守住船尾不讓對方接近的話，對方就會自己溺死嘍。」

嬌小的那一個回答：

「嗯。要幹掉他們來贏得勝利喲。」

「就知道妳會這麼說。」

然後兩個人——

「我們要活著，存活下來創造一個真正沒有戰爭的世界！」

就跑過寫著這些字的牆壁前面。

「——她們好像是這樣子說的。」

尚未關上通訊道具開關的M先把道具從耳朵上移開，然後傳達出蓮她們所說的話。

「看來是喚醒沉睡的孩子了?」

「Pito小姐,事到如今還說這種話。那裡是笑點嗎?何況,讓她在這艘船上永眠就可以了吧。」

坐在大廳地板上的Pitohui與不可次郎開心地這麼回答。

兩個人已經完成準備工作。

Pitohui把能夠上身的彈匣全部都裝備上去。KTR—09上則安裝了可以狂射75發子彈的彈鼓。兩把光劍插在包包上容易抽出的地方。不過左腰上的M870・Breacher則是連同槍套一起放在地板上。

不可次郎的兩把MGL—140已經裝滿從背包裡拿出來的榴彈。其中左子最初的2發是能夠連同客船一起破壞的電漿彈頭。

這時候她已經不再揹著沉重的背包。她的身上穿著加裝了防彈板的裝備背心,此時已把數發預備用的子彈塞進上面的槍榴彈腰包裡。雖然開槍也打不中,M&P手槍還是著裝在右腿上。

「完全聽不見蓮的聲音了。對方也注意到被竊聽,兩個人重新組隊了吧。」

M這麼報告,然後開口詢問:

「我真的不用參加嗎?」

「M，你很囉唆耶。三對二獲勝有什麼好高興的？還是說你想死在這裡？」

Pitohui做出把KTR─09槍口對準M的假動作。如果不是「假動作」，她應該真的開槍了吧。Pitohui不會把槍口朝向不準備開槍的對象。

「對蓮出手的話我會殺了你喲，這一點必須先嚴正警告你。」

然後……

「留給M的是最後舉起『真正勝利者』的任務喔──那麼，把那個借給我吧。」

船內的某一間客房內──

結束「Betrayers」小隊的登錄，通訊道具重新和老大連上線的蓮……

「我只有這個和小刀。這次沒有手榴彈。老大呢？」

向對方展示P90並這麼詢問。老大則回答：

「VSS和Strizh。還有模仿蓮帶了一把戰鬥小刀。沒有時間鍛鍊技術就是了。然後還有幾顆手榴彈。」

「哦……」

蓮的眼睛發出詭異的光芒。

「其中有電漿手榴彈嗎？」

「有。我帶了整支小隊的份，總共有12發。因為害怕被擊中而爆炸，所以一直收藏在倉庫欄裡。」

「那巨榴彈呢？」

「一樣。總共6顆。」

巨榴彈是玩家所取的暱稱，是威力和不可次郎的槍榴彈一樣凶惡的大型電漿手榴彈。它能將半徑20公尺內的所有東西毀滅殆盡。

只不過……

「在船裡面實在無法使用。」

老大說得沒錯。

巨榴彈是GGO裡「威力高但難用」的代表性武器。

如果是不可次郎的槍榴彈形式，就可以在不傷及自身的情況下射擊，所以相當有效。她變成敵人的現在，剩餘的2發電漿彈頭槍榴彈將成為很大的威脅。為了做出信號以及阻擋海洋而讓她使用了3發或許對我方是一大利多。

蓮思考了起來。

「以這樣的火力……確實贏過那兩個人的方法……又沒什麼時間……該怎麼辦才能獲勝該怎麼辦才能獲勝該怎麼辦才能——」

面對唸咒文般呢喃著的蓮，老大沒有插嘴而是靜靜地等待。

「想在這裡獲勝的話——該怎麼做——」

蓮游移的眼睛倏然停止。接著朝老大看去。

然後……

「把巨榴彈——不對，把所有的電漿手榴彈都交給我吧。」

包含死亡後回歸的參賽者在內，眾多酒場內的觀眾——

都注視著即將要開始的ＳＪ３最後決戰。

螢幕當中，失去控制的船現在也像是發狂般奔馳著。

船首有一半以上已經插入海面下，在該處揚起巨浪。

５００公尺的巨船整個前傾，船尾部分已經被抬到相當高的地方。持續失控的螺旋槳所造成的泡泡，看起來比之前都要誇張。

只不過，從傾斜的模樣看起來，再過五分鐘或十分鐘船就會沉沒了吧。

轉播畫面切換了。

「哦呵！」

「來了！」

那艘船的甲板10裡，兩名女性玩家正走在其中極為寬敞的中庭裡。

這個空間的周圍盡是商店的廢墟或者生鏽的遊樂園遊具。她們各自拿著自己的槍械，光明正大地走在正中央最為寬敞的地方。

Pitohui的右手拿著ＫＴＲ—０９。

不可次郎右手上拿著取名為右太的ＭＧＬ—１４０。另外一把取名為左子的發射器則是掛在肩膀上。

此外兩人左手上都舉著盾牌，而且把它保持在身體前方。

那是Ｍ的盾牌。

一片高50公分，寬30公分——把本來是將八片組合成扇形來使用的那個，改變成4片組合來作為「個人防盾」的護具。背面應該設置了把手。

如果是高１２０公分，寬50公分的盾牌，嬌小的不可次郎就不用說了，連Pitohui的身體都有很大的部分在盾牌後面。

這樣的話，就算光明正大地曝光在敵人面前，也不會突然被擊中容易形成致命傷的地方吧。

「蓮的Ｐ９０就不用說了，連伊娃的ＶＳＳ狙擊似乎都能擋下來。」

「這我知道！是盾兵嘛！這會流行喔！」

「兩個人的體力值都很高才能這麼做！其他人根本沒辦法隨便模仿！」

畫面中，Pitohui和不可次郎兩個人很高興般進行著對話，爬上坡道朝著船上的戰場前進。

「簡直像在約會。哎呀，笑了耶。」

「不知道在說什麼喔？」

「一定是在說如何痛宰蓮她們的作戰啦。」

不論是如何漂亮的影像，還是有轉播無法傳遞的事實。

比如說，步行者持盾的拳頭正在不停發抖。

待在左鄰的不可次郎注意到這一點，思考了一下後就做出唯一一個結論。

「Pito小姐。」

「什麼事，不可小妞？」

「我知道了喲。」

「知道什麼？」

「Pito小姐很害怕蓮吧。」

Pitohui把露出燦笑的臉龐移向正旁邊，但為了警戒而面向前方的不可次郎無法看見對方的表情。

兩個步行者不是用視線，而是以言語來溝通。

「我在至今為止的ＶＲ遊戲裡，只浮現過兩次──『這傢伙不論是技術還是意志都比我強』的想法。」

「這麼少？我有二十次以上耶。抱歉，應該是兩百次。那麼，Pito小姐的第一次是在什麼時候？」

「剛開始玩遊戲後不久。玩的是封測時期的『Sword Art Online刀劍神域』。因為是同時開始玩世界上首款ＶＲ遊戲，所以每個人的條件都一樣。但是，那裡面有不少技術比我好的人。我曾經為了挑戰會掉稀寶的獵物，而和其中一個人進行過一對一單挑。那是個很愛耍帥而且很溫柔的俊男。」

「然後妳就被殺爆了。」

「不，我的ＨＰ還剩下一點點時，對方就說『等級明明比我低2級，還能跟我打到這個地步，確實是很了不起。這裡的魔王就讓給妳，等哪天等級相同了再來打過吧（燦笑）』，然後把劍收起來。」

「天啊。」

「不是我臭屁，那傢伙也受到不少傷害喲。但是卻能在互相殘殺中冷靜地說出這種話。當時腦袋裡只拚命想著要變強的我，就覺得自己竟是如此弱小的存在，也為自己感到丟臉。反省自己實在把自己逼得太緊了。」

「嗯，懂得反省的人都會變強。」

「所以說，我就想等遊戲正式營運後再和對方交手，可能的話要在PK當中殺爆他……」

「結果Pito小姐在最後一刻無法參加正式的遊戲對吧。那傢伙——撿回一條命了。」

「或者……我才是撿回一命的人。」

兩個人持續走著，現在通過讓MMTM四個人觸電而死的地點。貼著仿石頭地磚的中庭依然是濕濡一片。距離船尾還有250公尺左右。傾斜度目前依然緩緩增加當中。

時間是十三點四十八分。敵人小隊沒有動作。

「另一個人——當然就是蓮了。打從首次見到她時就相當穩固的體幹動作，以及令人驚異的平衡感真是讓我嚇了一大跳。」

「原來如此。Pito小姐，這種時候我才會告訴妳——小比在長成電線杆之前是運動神經超好的孩子喲。我從她的姊姊那裡聽來的。她喜歡模仿兄弟姊妹從事的所有運動，然後立刻就能上手。」

「我懂。如果高挑的身材沒有讓她自卑，又在優秀的指導者底下認真從事某種運動的話……她現在可能已經成為日本代表了。」

「我聽說小比在玩ＶＲ遊戲時，也一直對她會成長成什麼樣的角色感到很期待呢——結果連在這邊的世界，好像也有點『過度成長』了。」

「啊哈哈。然後我一直想有一大要認真地和蓮好好打一場，上一屆能夠實現這個願望我真的很開心。」

「然後就輸掉了。」

「因為某個人提供了確實的援助啊。」

「哎呀？是哪個傢伙啊？」

「喉嚨被咬住時，我覺得自己死定了。然後覺得這樣一切都結束了。同時也認為是個可以接受的結局。誰知道——我竟然沒有死。」

「好像下定決心後衝到鐵軌上，結果火車卻從頭上通過之類的？」

「就是那樣。之後雖然發生許多事情，不過呢，既然得以存活，我就決定好好珍惜這條性命——」

Pitohui左手的抖動倏然停止。

「即使是現在，一看見那個粉紅色小不點還是覺得很恐怖。」

中庭中央，一座大花壇旁邊設置了導覽環境用的面板，那個地方也有「i」符號。

接近十三點四十九分時，兩個人就在那裡停下腳步。在枯萎的花壇旁邊迅速蹲下後，躲藏在盾牌後面，接著只有不可次郎拿出接收器。

「原來如此。對於Pito小姐來說，她是必須打倒與超越的心理障礙嗎？」

「不是那麼了不起的理由啦。單純是一股恨意，也就是私怨。她是我想要痛扁一頓的對象，就這麼簡單。」

「嗚喔～讓我陪著您吧。Pito大人艾莎大人。」

「謝啦。不過真的沒關係嗎？她是妳重要的朋友吧？之後在現實世界裡吵架的話，大姊姊會很難過喲。」

「因為這種小事就交惡的話，我們早就在北方大地殺得你死我活了。其實我和蓮之間有相當深厚的友誼，讓我真的很不想拿槍對著她。妳覺得我們在女校時期吵過幾次架？」

「這個話題好像很有趣。下次告訴我吧。」

「聽完後妳大概可以創作出一首歌吧。」

「那真是令人期待。」

「當然，作為歌曲的靈感提供者，要記得招待我參加演唱會，當然也包含了機票錢喲。」

「如果可以帶現實世界的小蓮過來，那麼Anytime Welcome喔。」
「那傢伙是個老古板耶……」
「哎呀討厭，是以我會把她吃掉作為前提？」

十三點四十九分四十秒。
有兩個人正透過通訊道具對話。
「要上嘍！老大！」
「知道了！蓮！」

十三點四十九分四十九秒。
「那麼，那兩個人會在哪裡呢——」
不可次郎邊這麼呢喃邊把衛星掃描接收器拿到「i」符號上面。原本就警戒著四周的Pito-hui，尤其把船尾視為重點區域。
接著從上面樓層開始的掃描就每隔一秒掃過一層樓……
「什麼？」
上面映照著兩名敵人的位置。

「伊娃在甲板10。這個樓層的200公尺前方靠近船尾的左舷。蓮在同一個甲板的200公尺後方。中庭的前端！」

聽見不可次郎的報告……

「兩個人分開了……？」

Pitohui也說出內心的疑慮。

從各方面來看，這都是不合理的作戰。

首先，為什麼現在才分散貴重的戰力呢？往哪一個人發動攻擊的話，就會變成二對一的戰鬥。那將是壓倒性不利的狀況。

另外蓮在船首方向，也就是後方，這同樣是意義不明的行動。大概是通過客房的走廊繞到那邊去，但既然已經逃走，為什麼又要跑回來？

更何況在這途中，應該有許多機會可以攻擊走在中庭的我們，為什麼沒有這麼做？

當然，因為蓮的狙擊能力很低，所以兩個人同時被她殺掉的可能性也很低，但還是有機會幹掉Pitohui一個人。

如此一來，如果蓮不是因為太恐懼而發瘋了，就只剩下一種可能性。

「不可小妞，小心點。敵人可能要發動什麼大招了。」

「好喔。還有Pito小姐看起來很高興呢。」

「啊，看得出來嗎？」

M透過通訊道具聽著Pitohui與不可次郎的對話，同時看見了某件事。

M目前在甲板19，右舷側的客房大樓屋頂，整艘客船的中央附近。目前背包已經不在他的背上。

從甲板往下看的他，從剛才就看見粉紅色小不點在中庭的前端部分迅速地動著。

即使加入高低差，與她的距離也只有200公尺。手上的M14・EBR應該可以輕鬆地進行狙擊。隨時都可以殺掉她。

「…………」

當他什麼都不說也不做，只是確實看著蓮所做的事情時——

這下糟了。

只見他用盡全身的力量朝著船尾跑去。

背後發生爆炸，造成的聲音與振動搖晃著頭部與身體。

「唔？」「喔呀？」

Pitohui與不可次郎首先縮起身子趴了下來。

不論在哪裡發生什麼樣的爆炸，都要先蹲低身子以防被飛過來的碎片擊中。習慣戰鬥的人都會做出這樣的對應。

接著兩個人就看見了。

經過平緩斜坡的中庭前方——蓮到剛才都待在那裡的地方，出現藍白色火焰在蠢動著。

那看起來簡直就像要從正下方把船吞沒的巨大生物一樣。藍白色生物先是膨脹，快要消失時才又膨脹，然後扭曲著改變形狀。

「那是……不會吧！」

不可次郎注意到了。自己曾經見過那種藍白色奔流。

「沒錯，就是妳所想的那個……那個可惡的傢伙，竟然幹出這種事！」

粉碎金屬的聲音與震動空氣的聲音，在左右的客房大樓間形成好幾重回音，最後整個穿越中庭。

爆炸聲與振動持續了十五秒以上，撼動整個大地——不對，應該說整艘巨船。

＊　　＊　　＊

觀眾們從剛才就一直看著蓮究竟做了什麼事情。

不對，應該說幹了什麼好事。

幾分鐘前——

蓮躲在最靠近船尾的客房當中，而且竟然把自己的武器，也就是身上唯一的槍械——P90交給伊娃保管。另外也把從腰包和倉庫欄裡拿出來的所有彈匣交了出去。

相對的，蓮也從老大那裡得到了東西。

足有小顆西瓜那麼大的物體，亦即6顆巨榴彈、通常的圓形手榴彈，以及12顆電漿手榴彈。

把這些全收納到倉庫欄後，蓮就毫不猶豫地全速跑了起來。

她以時速將近40公里的速度衝過左舷客房大樓的走廊。從背後追上去的實況攝影機，映照出宛如科幻電影的一幕。

蓮一口氣移動到中庭結束的地點。

船首這邊已經灌入許多海水。甲板10雖然尚未被海水洗淨，但是從船的角度來看，下方的甲板7與8應該已經流入大量海水。

蓮在那裡做出讓客船擁有者看見的話絕對會昏倒的行為。

她啟動了再次從倉庫欄裡取出的巨榴彈。調整引爆設定器，讓它們從十三點五十分三十秒起每隔三秒鐘就會爆炸。

蓮把巨榴彈滾向中庭。

為了讓爆炸範圍能涵蓋整個中庭，她也漂亮地以等間隔仍出炸彈。同時還把會引起誘爆的普通電漿手榴彈散布到四周圍。

準備工作順利完成。接下來只剩下逃走。

宛如脫兔般奔跑的蓮，準備回到剛才經過的走廊。

「咦？這是怎麼回事？」

「馬上要爆炸了。」

一名觀眾的聲音……

讓另一名觀眾做出回答。

「我看到了！我想問的是，現在在這裡引起那種程度的大爆炸，這艘船將會有什麼下場呢？」

「看就知道了。」

藍色爆炸彷彿巨大生物般暴動著。

應該算是堅固的船身鐵板，卻像是衛生紙一樣被撕裂並輕鬆地轟飛到天空中。

每次爆發巨船都會搖晃，振動波一路傳到客船的外側。

當所有爆炸終於止歇時，該處就出現一個巨大的洞穴。中庭的地板被刨開一大塊，可以清楚地看見船內構造。

這時有大量海水從側面與下方湧入，看起來就跟瀑布沒兩樣。

原本就前傾的船從該處產生扭曲。

金屬發出的巨大摩擦聲聽起來宛如悲鳴。船的側壁出現一道巨大的龜裂，當龜裂在船身上繞完一圈——

啪嘰。

500公尺的巨船現在折成了兩半。

前方部分長大約是150公尺，現在已經跟大約有350公尺的後部永遠分離了。

前部以比之前更快的速度開始沉沒。

直升機起降場被波浪沖洗過後直接沉沒。艦橋立刻插進海裡，隨著再也不能動的「克拉拉」一起到再也看不見陽光的地方去了。

後部反而因為折斷而暫時取回平衡。

但是從折斷處毫不容情的進水，以及流入中庭這個平坦部分的海水，都讓這樣的平穩不會維持太久。

這次換成350公尺的後部開始不停前傾了。

「蓮那個大笨蛋！想把我們溺死嗎！剛才帥氣的表明決心都是騙人的嗎！」

掌握事態的不可次郎真的生氣了。

「哇哈哈哈哈哈！不愧是小蓮！」

Pitohui不知道為什麼感到開心，只見她發出真心的笑聲。

坡道下面有大量的海水朝著兩個人的所在地襲來。

「沒辦法了。往前進吧。」

「可惡。」

兩個人一站起來，就把盾牌擺在身體前方然後開始小跑步。前進的方向當然是船尾……

下一刻——

喀噹！

傳來猛烈撞擊金屬的聲音……

「咕嗚！」

不可次郎便停下腳步。

她手上的盾牌不斷爆散出火花。她立刻蹲下，把盾牌舉向斜上方，同時為了不被擊中而拚命把左臂靠在身體旁邊。

每次聽見撞擊盾牌的聲音之後，不可次郎的身體就會被聲音與火花往後推。完全聽不見什麼槍聲。

「是伊娃嗎！」

Pitohui把身體往右側移動，然後以左手的盾牌保護自己，只用一隻右手開始ＫＴＲ—０９的全自動射擊。

因為是單手，當然沒有辦法瞄準，只是對稍微可見的彈道預測線周圍做出牽制射擊。

不知道是不是退回去了，老大的無聲狙擊就此結束。

根據預測線，她大概是在１８０公尺前方，設置在船尾的扇形野外劇場附近進行射擊。

「我來給她一點顏色瞧瞧！」

反擊時間開始了。蹲著的不可次郎，把ＭＧＬ—１４０的前端放到左手盾牌的上方。

接連不斷的三連射！

啵啵啵！

直徑40毫米的槍榴彈就隨著聽起來很可愛的聲音發射出去。以秒速80公尺這種像是軟氣槍的ＢＢ彈般的速度飛出，畫出了拋物線的彈道。

可以看到瞄準的地方冒出爆炸的黑煙，爆炸聲也幾乎同時傳了過來。

「怎麼樣？幹掉了嗎？」

Pitohui以險峻的表情回答不可次郎的問題。

「嗯，應該不可能吧。伊娃只是要稍微拖住我們的腳步。」

「為了和蓮會合吧。可惡，要進到客房裡頭嗎？」

「周圍都是牆壁的話，被水追上來時就無計可施了。也沒辦法發揮不可小妞的攻擊力吧。別擔心，直接這樣前進。小蓮一定會再次現身喔。」

這個時候蓮她……

「老大，妳沒事吧？」

「只是腳稍微被碎片擊中，還能動。我也沒辦法命中她們兩個人就是了。」

「太好了！」

蓮這時正通過Pitohui和不可次郎旁邊，為了回到船尾，她和來到此地時一樣，全力奔馳過左舷側的走廊。

一口氣跳到中庭來發動奇襲的話，或許可以打倒Pitohui一個人，但現在手上沒有P90。

蓮的最大容許重量實在太小，沒辦法帶著它和大量電漿手榴彈一起全力奔馳。

為了再次取得愛槍小P，蓮持續跑在以前所未見的速度傾斜的走廊上。

途中，船身出現至今為止最大的搖晃……

「啊！」

蓮配合著晃動，腳在客房走廊左右兩側的牆壁踢了幾下，然後繼續往前跑。

在甲板19疾驅的M，稍微停下腳步往船首方向看去——

然後就看見令人難以置信的豪邁畫面。

360度的灰色大海裡有一艘折斷的船。

腳下往前延伸的斜面底下，150公尺部分的船首已經折斷。折斷且粉碎的部分幾乎已經沉沒，只有一小部分因為前傾而隆起。

通常從這個位置絕對看不見的船內模樣，卻可以從折斷的部分看得很清楚。和Pitohui會合的大廳也在那個裡面。

而自己所在的350公尺部分，就像要往折斷的部分傾倒，也像是開始下潛的潛水艇一樣，隨著時間不停增加傾斜度。

即使在這種狀態下，船的螺旋槳還是全力轉動著，所以船就在折斷的情況下強行破浪前進。而這也造成大量的海水流入其中。

完全不清楚——折斷的這艘船，剩下五分鐘、十分鐘或者是更快的時間就會完全沉沒。

即使在這樣的狀況下，眼睛下方的中庭裡，還是能看見Pitohui與不可次郎手拿著盾牌，肩併著肩持續往前進。

看起來簡直就像是古代的重裝步兵。

「成功了耶！蓮。」

「成功嘍！老大。」

蓮一到達船尾，就到野外劇場最下方，從中庭絕對看不見的位置與老大會合。

「這還給妳。那個不用還我沒關係。妳拿著吧。」

「謝謝！」

蓮從老大那裡收下P90，然後把彈匣收回倉庫欄與腰包裡。

那個時候，她凝視著粉紅色愛槍三秒左右……

「怎麼了？別擔心，我沒把它吃掉喔。」

「啊，沒有啦……只是在想這次小P沒有跟我說話呢。」

蓮以感觸良多的口氣這麼表示。

至今為止，在ＳＪ尾聲整個人火大或者燃燒著鬥志時，都會向自己搭話的小Ｐ，這次則仍然一句話都沒說。

當然槍械不可能會說話——蓮也知道那是自己內心所產生的奇異感情。不對，應該說希望是這樣才對。

「噢，集中精神後，就能和這傢伙說話的那個嗎？」

「不是這傢伙！它是小Ｐ！」

「啊哈哈，這就表示今天的蓮一直都能冷靜地戰鬥吧？不然就是——」

「不然就是？」

當兩個人高興地對話著時，忽然有一條粗大的彈道預測線降落到兩人之間……

「第三個傢伙的個性比較沉默寡言。」

「嗯。如果是那樣就好。」

兩人迅速往左右兩邊避開，結果剛才所待的地方就爆炸了。

「可惡。似乎沒有功效！」

射擊的不可次郎以懊悔的口氣這麼說道。

至今為止都是一邊與受到狙擊的恐懼戰鬥一邊前進，一路來到剩下１５０公尺處。

以ＧＧＯ來說這已經是相當近的交戰距離，前方的中庭是一片寬敞的空間，沒有任何遮蔽物或掩蔽物。

而且蓮她們所在的船尾還有對著舞台凹陷的野外劇場，所以呈階梯狀下降。從控制了斜坡上方這一點來看，對方在藏身地點上也占有壓倒性的優勢。

能夠做拋物線攻擊的不可次郎已經算好了，Pitohui的直線型槍擊根本很難攻擊到對方。

這時地板再次迅速傾斜。

「哎呀。」

不可次郎把腳伸得更直來踏穩腳步時，大量的彈道預測線就出現在她周圍。

不必有所保留了！

蓮盡情地開火。用的是手完全沒有離開過扳機的全自動射擊。

該處是野外劇場階梯狀座位的最上方。也就是與中庭的境界上。

為了不讓從下方迅速排出的空彈殼卡住而把Ｐ９０橫擺，盡可能不露出身體來趴在地上。

小Ｐ發出順暢的低吼，以每分鐘９００發的速度吐出細長的子彈。

中庭前方可以清楚看見不可次郎與Pitohui的盾牌。好幾發子彈擊中盾牌然後被彈開。

子彈絕對不可能貫穿盾牌，也無法給兩名強壯的盾牌主人任何傷害。

但蓮還是持續射擊。

趴在地上的蓮面前，放著大量從倉庫欄拿出來的彈匣。

快要沒子彈時，蓮就在剩下2發到3發殘彈的情況下以宛若變魔術般的速度更換彈匣，然後繼續盡情射擊。

「可惡，那個臭傢伙！」

不可次郎這麼咒罵著。周圍的彈道預測線與彈雨命中自己的盾牌後發出尖銳的聲音。

彈匣容量為50發的P90，以及敏捷性超群的蓮，這時毫無保留地發揮出自身的能力。攻擊完全沒有中斷過。

不可次郎根本沒有機會把MGL－140的槍口伸到盾牌旁邊來做出反擊。對於從上方進行拋物線攻擊的她來說，距離實在太近了。

不可次郎看向待在右邊側面的Pitohui。

旁邊數公尺外，Pitohui也同樣坐在以左手支撐的盾牌後面，同時臉上還掛著笑容。

在子彈亂飛的情況中，不可次郎對著她搭話。

「Pito小姐，妳看起來很開心耶。」

「嗯，真的很開心。我單純只是在考慮該如何殺掉現在對我射擊的傢伙。與在舞台上只想著歌唱時的那種感覺十分相像。」

「哎呀，那真是——」

從斜上方出現的彈道預測線照射到不可次郎頭上……

「太棒了！」

不可次郎以左手支撐盾牌，同時扭動脖子來避開狙擊。

子彈稍微擦過大頭盔往後方飛去，在貼著地磚的地板上刨開一個洞。

「哦啦啊！」

不可次郎同一時間也舉起右手，把ＭＧＬ—１４０的粗大槍管朝向左舷側的客房。船尾附近某間船室的露臺，正是剛才那條彈道預測線的源頭。老大就藏身在那裡。

發射出去的２發槍榴彈炸裂，把玻璃轟得粉碎，像雪花一樣降落在中庭。但是沒有看見人體的碎片降落。

「嘖。又沒打中嗎？再次裝填！」

不可次郎再次裝填子彈到右太裡。

「果然是這樣嗎……」

聽見Pitohui的呻吟聲後……

「什麼果然是這樣？」

不可次郎以左肩支撐著盾牌，將右手插進MGL—140粗大的彈筒裡喀鏘喀鏘地轉動著並這麼問道。

這段期間裡，蓮也不停地開火射擊。本屆在這之前都沒有什麼機會開槍，所以應該還剩下許多子彈吧。只見她毫不留情地連續射擊。

有時候會用盾牌把子彈彈開的Pitohui，眼睛注視著四周圍以陰險的笑臉說著：

「現在的伊娃，以角度來說雖然很難擊中我，但是並非不可能。」

Pitohui比較靠近左舷側的客房大樓，所以狙擊的角度會變得比較困難。也因此比較常探出身子，當然也比較容易遭受反擊。

這麼說來，應該不是不可能……

「唔嗯。妳的意思是？」

不可次郎回應著對方，同時在發出「喀砰喀砰」聲響的情況下，持續把槍榴彈裝進大彈筒裡。

「應該是她們兩人說好『由小蓮來把我幹掉』了吧。不知道算是小蓮個人的道義還是私怨。」

「天啊！到了這個時候還在挑選獵物！真不愧是強敵！完全是輕鬆寫意的態度！」

「所以說，我們就充分利用她的這份氣魄吧。我進入客房。然後——裝出追逐伊娃的樣子。」

「啊哈哈！了解！」

完成再裝填的不可次郎當場站了起來。當然已經把盾牌舉到眼前，不過為的是讓蓮把子彈集中到這裡。

子彈果然正如不可次郎的期望一口氣飛過來，其中有數顆子彈擊中盾牌，但是倒楣的是，有一顆因為地磚而彈跳的子彈擊中不可次郎的腳……

「很痛耶！」

不可次郎雖然倏然蹲下，但已經充分完成了誘餌的任務。

這段期間，Pitohui已經猛然衝進左舷客房大樓當中，從不可次郎的視界當中消失了。

Pitohui從蓮的視界消失之後……

「老大。Pito小姐『上鉤』了。跑到裡面去嘍。」

「了解！」

蓮把新的彈匣拍進P90裡面。

然後——

站了起來。

「啥啊！她到底在做什麼？」

酒場裡某個人這麼大叫的同時……

「…………」

待在甲板18的M也屏住了呼吸。

蓮光明正大地站起來，讓粉紅色身影出現在中庭裡。

接著就以不知從嬌小身體何處發出的巨大聲音大叫：

「不可──！一決勝負吧──！」

SEC1.17

第十七章　決鬥

「妳到底想做什麼啊啊啊啊啊啊啊啊啊啊啊啊啊啊啊啊啊啊啊啊啊啊！」

不可次郎以靈魂放聲大叫。

也難怪她會這樣。

到剛才為止都讓人覺得「蓮的目標是Pitohui」，等到Pitohui消失了，卻又期望與自己決鬥……

「妳這傢伙是在跟老娘開玩笑嗎！」

不可次郎當然忍不住爆出粗口。

她手上拿著盾牌，大步走在中庭裡面。

雖然就算射擊也可以擋下來——但是蓮沒有開槍。只是像門神一樣，光明正大地站在150公尺前方的坡道上。

即使不可次郎靠近她也沒有逃走。雖然只有緩緩幾步，但是蓮甚至主動走下坡道朝著不可次郎靠近。

「咕唔唔……」

不可次郎的步伐自然變快，兩個人之間的距離已經只剩下70公尺。

「這是怎麼回事？Pitohui要是現在回來，不就能輕鬆地擊中小蓮了？」

當蓮與不可次郎互相接近時，其中一名觀眾說出相當有道理的疑慮……

「是這樣沒錯，但是對那個女人來說，即使從那裡擊倒小蓮也不會覺得開心吧。」

從後面傳來相當清楚內情般的驕傲聲音。

「什麼？你這傢伙——為什麼會知道？」

以明顯要找人吵架的口氣回過頭去的男人……

「因為我剛才還在跟她互砍。」

看見擦掉臉上迷彩塗裝的大衛笑著這麼說，也只能點頭表示同意了。

「說得也是！」

怎麼辦Pito小姐？這下該怎麼辦？

不可次郎到現在才後悔自己接受對方的挑釁。

眼前50公尺處的蓮，以船尾與灰色天空作為背景佇立在那裡。她放下右手，P90的槍口當然也是朝下。沉著冷靜而且光明正大的氣氛，讓人聯想到畫在壁畫上的古代英雄。

Pitohui現在很簡單就能用狙擊來殺了蓮。

因為Pitohui也是期待能夠產生這樣的空隙，才會「假裝以伊娃為目標」而暫時消失在中庭裡面。

只不過，實在不認為現在的Pitohui能夠接受不是「趁對方產生空隙」，而是「從旁擊殺希望單挑而主動出現的對手」所獲得的勝利。

當然蓮也是很清楚這一點才會這麼做……

「可惡！這個惡女！」

不可次郎忍不住要這麼大叫。

現在自己無法對蓮開火。在Pitohui回來之前，必須以比這片海洋更開闊的心胸忍耐下去才行。

然後說句「好了，交換選手嘍。」，讓Pitohui表演與蓮之間的單挑。這才是對自己伙伴應有的道義。

面對這樣的不可次郎……

「怎麼了，不可！妳的右太在睡午覺嗎？話說回來，它的確是一直在櫃子裡睡覺啦！是一把貪睡槍！胖胖槍確實很適合睡午覺！」

蓮毫不留情地做出謾罵攻擊。

雖然不能射擊但總能回嘴吧。於是不可次郎開口了。

「吵死了！沒有審美觀的臭女人！妳這傢伙自己上課中偷睡覺，被狗屁老師調侃『愛睡覺的孩子才長得大』，根本沒有資格說這種話啦！」

她竟然違反禮儀，提出現實世界發生的事情來做出熾烈的反擊。但是蓮毫不膽怯。

「老是蹺掉那堂課，等到真的快被當掉了，才哭著抱住老師大腿的又是誰！」

「因為要約會，我有什麼辦法嘛！受歡迎的女性就是這麼可憐！妳自己還不是——」

「把外帶的『Indian咖哩』整個打翻的女人！妳這個遲鈍女！」

「臭傢伙！我話還沒說完耶！」

「那個時候還像個難民兒童一樣，含著眼淚吃掉我一半的咖哩！」

「妳——」

「校外教學時把土氣的胸罩忘在脫衣處，結果學校接到旅館的聯絡，還廣播要妳去認領的老土胸罩女！」

「臭傢——」

「被甩掉後在安慰大會上明明說著『今後我的生命裡只有女性。百合也很美吧』，結果下個月又被另一個男人甩掉的失戀專家！」

「嘎！嗚！可惡！啊啊啊——不幹了！Pito小姐！抱歉，我要痛宰這個傢伙！」

不可次郎丟掉左手的盾牌……

「那就試試看啊！」

蓮也同時舉起手上的P90。

彈道預測線照射在兩具嬌小身軀上——

同時開槍射擊。

P90秒速700公尺以上的5.7×28毫米彈與秒速80公尺的40毫米槍榴彈。

不用計算機也能知道，同時發射出去的兩種子彈哪一種會先命中目標。

「嘎嘎！」

彈雨襲擊不可次郎的左半身，讓該處發出鮮紅色亮光。

另一方面，蓮只是稍微側身就躲開筆直飛過來的槍榴彈。彈頭命中10公尺左右後方的地板後爆炸了。這段期間裡，蓮依然持續開火。

不可次郎的身體上不停閃爍著炫目的著彈特效。

感覺子彈似乎特別集中在左手——

啊啊！她的目標是左子嗎！

不可次郎瞬間理解了。

左子裡面還殘留了2發電漿彈頭槍榴彈，而蓮的目的就是它了。之所以隔著這樣的距離，是為了就算爆炸也不會遭到波及。

強壯的不可次郎就算中彈也不會輕易死亡，但誘爆的話就是一擊必殺了。

作戰方法太狠了吧！

不可次郎扭轉身體，將自己的右側暴露在蓮面前。彈雨隨即壟罩不可次郎，下一個瞬間，一發子彈命中頭部……

「咕哇——」

嬌小的身體往後倒去——

喀咚。

頭盔撞上地板發出清脆的聲響。

突然變得安靜的中庭裡……

「呼……」

蓮退下Ｐ９０射光的彈匣，準備從腰包裡取出新的——

「密技，假死！」

這個瞬間，不可次郎像是彈簧人偶一樣彈起來，只靠應該還感到疼痛的左手伸出ＭＧＬ—１４０。

蓮看見粗大的槍口筆直延伸出粗大的預測線，最後刺中自己的腹部。

可以清楚看見沿著預測線飛過來的彈頭顏色。那是與紅色預測線形成對比的藍色彈頭。發射的是電漿彈頭。

即使避開，也會因為擊中身後地板而爆炸的角度。同時也是會被爆炸波及的距離。避無可避。

但又不能承受這種傷害。

那該怎麼辦呢？

只能這麼做了。

只能這麼做的話，那去做就對了。

地點很簡單，就是在粗大的預測線上。

再來只要掌握好時機就可以了。

就像Pitohui在編組站以散彈所完成的那樣，只要時機配合得好，應該就能辦得到。

蓮將身體往後倒——

然後右腳用力往上踢。

靴子前端捕捉到沒有引信的側面，飛翔的方向與往上踢的方向重疊在一起，於是彈頭便往斜上方彈去。

最後彈頭失去力量而搖搖晃晃地飛行，掉落在船尾的野外劇場舞台旁邊，在該處產生藍色球體爆炸了。本來就傷痕累累的舞台周邊，隨即變得比之前更加破爛。

「不會吧！」

確信蓮絕對會蒸發的不可次郎驚訝到合不攏嘴……

「很有一套啊啊啊！這才是蓮！不可——！那傢伙果然是屬於我的獵物！只有我能挑戰並且殺了她！吃掉她！」

衝進耳朵裡的是Pitohui很高興般的叫聲。看來她似乎看見整件事情的經過了。

「啊～嗯。交給妳吧。Yes，然後……」

不可次郎當場趴下來，隨著減少一半以上的ＨＰ爬著逃走了。

「我可不想跟那種傢伙打了。」

看著影像的酒場觀眾……

「竟然踢上去了……」

「竟然踢上去了……」

「竟然踢上去了……」

「竟然踢上去了……」

「竟然踢上去了……」

嘴裡全說出同樣的發言。

然後雙手抱胸看著轉播的大衛也丟出一句：

「竟然踢上去了……」

不可次郎逃出中庭後，像是與她交棒一樣……

「蓮————！」

Pitohui就從商店後面衝了出來。

手上已經沒有礙事的盾牌。雙手穩住架在右肩的KTR—09，一邊射擊一邊展開突擊。

「嗚哇！」

這次蓮就無法踢子彈了。只見她拚命低下頭來往後退，從野外劇場的階梯狀座位往下爬。

以馬赫的速度發出低吼飛過來不斷擊中四周圍的7.62毫米彈，似乎是體現了Pitohui的憤怒與喜悅。

「不妙！不妙！不妙！」

蓮順著階梯狀座位往下滑，同時從腰包裡拔出彈匣，拍進P90後拉下上膛桿。

雖然做好反擊的準備——

但就算想探頭，也因為上方有大量一擊中頭部就會立刻死亡的子彈飛舞而無法如願。75連發彈鼓實在太恐怖了。

Pitohui就這樣不停開槍並朝蓮靠近，當不可次郎看著她臉上露出在車站發現戀人般的爽朗笑容時……

「唔！」

就注意到一具綁著辮子的巨大身軀從上方甲板探出身子。

宛若猩猩般的女子出現在左舷客房大樓的最上層甲板，同時手上還拿著外型奇異的狙擊槍。原本應該是誘餌的她，或許是因為蓮陷入危機而改變作戰了吧，只見她迅速擺好姿勢瞄準Pitohui。

「Pito小姐，注意上面！」

扭身躲開彈道預測線，也就是躲開老大狙擊的Pitohui……

「喝啊啊！」

隨即把KTR—09的槍口朝向預測線的源頭，短短一瞬間就發射了3發子彈。反應速度實在太驚人了。

子彈就像被吸進去般陷入老大的手臂與腳。而且ＶＳＳ的消音器也爆出火花，從她手上彈飛出去。

ＶＳＳ往船首側掉落，撞上途中的露臺發出鈍重的金屬聲。

「哇！名不虛傳！」

不可次郎的喝采……

「這個怪物！」

與老大的叫聲同時響起。

「不可小妞，可以幹掉伊娃了。」

聽見再次轉向蓮的Pitohui出聲之後……

「太好啦！我就不客氣嘍！」

不可次郎便用左子瞄準剛才老大所待的地方。

發射的是電漿彈頭。直線距離是35公尺左右，引信應該會啟動才對。這樣只要擊中客房大樓，就可以把老大連同立足點一起轟飛了吧。

不可次郎為了不發生一個不小心朝天空發射的情形，稍微下修了瞄準點。

從腰部拔出Strizh，只有臉從甲板露出來的老大……

「嗚！」

看見照耀自己腳下的粗大彈道預測線，以及源頭是來自於不可次郎左手之後，就知道無法避免對方發射電漿彈頭了。

就這樣束手待斃的話，彈頭將會命中腳下甲板的下方，自己也會被直徑20公尺的藍色奔流吞沒。

就算翻身逃走，結果還是不會改變。因為剩下兩三秒的情況下，不可能拉開10公尺以上的距離。

「不對……辦得到！」

老大把粗大的腳踩到扶手的最上方。

「嘿呀！」

不可次郎發射最後的電漿彈頭。

「喝啊！」

老大在天空中飛舞。

粗大的腳踩到甲板的扶手上後，就使出全力來縱身一跳。

當然，她跳躍的方向沒有任何東西，直接就變成自由落體掉下30公尺底下的中庭，無論她再怎麼拚命奔跑，都不可能快過重力加上速度的掉落。

不可次郎的視界當中，老大巨大的身軀就從必中的槍榴彈旁邊跌落。即使命中甲板並且爆炸也無法殺死老大。但是——

「真的假的！」

嗯，她會摔死吧。

沒錯，會摔成肉餅。

不可次郎擺出放鬆的姿勢。

就算老大朝空中跳躍，從幾乎是中庭中央的客房大樓到達自己的位置大概有25公尺，這是再怎麼樣也無法到達的距離。不可能出現什麼從天而降的拳頭。

再來就只要默默看著老大的巨大身軀猛烈撞上中庭的石板然後變成肉餅就可以了。

永別了，強敵。

不可次郎在心中向對方道別，用眼睛追著敵人的英姿。

整個世界看起來就像慢動作重播一樣。

藍白色的爆炸火焰搖晃著，相反方向的客房大樓稍微反射出爆炸的光芒，映照著往下掉落的敵人。

以倒栽蔥姿勢從空中掉落的女人——

頭上那兩根辮子搖晃著。

兩顆眼睛則瞪著這邊。

還以兩隻手握住手槍來瞄準這裡。

在落下狀態中的手槍射擊。

喂喂，那怎麼可能射得中呢！

妳給我坐下。正在往下掉沒辦法坐的話就在那裡給我聽著。聽好了，手槍射擊可是非常困難的。如果這麼簡單就能命中的話，我就不用這麼辛苦了。懂了嗎？我想應該還是不懂吧！

當不可次郎忍不住在心中諄諄教誨起對方時，9毫米彈就朝她的額頭飛來並且陷入她的腦袋裡。

「呼呸？」

頭盔因為3公分的差距而無法發揮作用。

只在空中開了一槍的老大……

「嘿！」

最後在帶著笑容的情況下猛烈撞上中庭，讓那裡的地磚凹陷了好幾公分。

爆炸聲消失的同時，兩道「Dead」標籤也在同一個時間點亮起。

太漂亮了！

M看見了一連串的經過。

兩人都沒有注意到對方的搭檔已經死亡……

「哦啦啊啊啊啊！」

「嗚！」

Pitohui和蓮依然在戰鬥當中。

不過情況依然對蓮不利。

因為毫不間斷襲來的子彈而無法抬頭，只能夠縮在野外劇場的椅子旁邊。

可惡，還沒嗎？還沒嗎？真的還沒嗎？

蓮正在祈禱。

祈禱自己的作戰能夠順利成功。

雖然看不見Pitohui，但是可以從槍聲知道她大概的位置。已經在附近了。應該不到30公尺吧。她正不斷往自己這邊迫近。

還有20公尺。

還沒嗎……？

10公尺。

真的還沒嗎……我要死在這裡了嗎……？

蓮緊抱著P90。

到這個瞬間為止——

小P都沒有對她說任何話。

不論有沒有待在船上，都得迎接那個瞬間。

酒場裡的觀眾看見了。

船整個直立起來。

被削成350公尺依然往前航行的船，折斷處完全插進水裡，一口氣開始往前傾。

這已經不是傾斜而是直立了。終於開始可以從不斷往上抬起的船尾看見船底。

在該處旋轉的是巨大的螺旋槳。

直徑8公尺的超巨大螺旋槳，各自安裝在三個懸吊型莢式推進器後端，到剛才為止是攪動海水，現在則是不停地攪動該處的空氣。

船雖然因為失去推力而減低速度，但角度沒有因此變小。反而一邊往前方100公尺左右的海洋沉沒，越來越是傾斜。

觀眾們茫然地凝視著……

「啊啊……幸好沒有待在那條船上……」

彷彿巨大怪獸抬起背部般的光景。

乘船的三個人當中唯一一名男性——

「哦哇啊啊！」

快要從甲板滑落而朝眼前的扶手伸出手來，但差了幾公分而沒能搆到……

「可惡！」

最後的手段是把用肩帶掛在身體前方的愛槍往前扔來延伸距離。

M14·EBR的槍托卡住扶手，一瞬間稍微減緩掉落速度的M，立刻伸出左手，好不容易才抓住幾乎變成「橫向」的直向扶手。

「呼……」

呼出一口氣的一秒鐘後，鐵製扶手就開始扭曲，然後從生鏽的地方折斷。

「哦哇啊啊啊啊！」

M的巨大身軀開始往下掉。肩帶在空中脫離身體，讓他的愛槍從身邊離開。

以倒栽蔥的模樣往下掉了10公尺左右，M的背部就撞上固定在甲板上的大型長椅……

「嘎咿噗！」

然後承受到足以被認定為傷害的衝擊。

如果在現實世界，背骨與肋骨應該已經折斷了。M的HP迅速減少，最後剩下五成左右。

不過總算是止住了掉落。

M只轉動脖子，看向現在變成「下面」的「船身前方」……

「…………」

200公尺底下，灰色海洋正張開吐出白沫的嘴慢慢把船直向吞沒。一邊旋轉一邊掉落海底的垃圾般小小棒狀物就是自己的愛槍。

突然從靠近水面的船隻側面噴發出空氣。

不斷有海水灌進船內，讓遭到壓縮的空氣無處可逃，所以從內側彈飛左右客房的玻璃窗衝出來。

目前變成海上浮塔的「尚有時間」還剩下190公尺。

還有幾分鐘就要完全從ＳＪ３的戰場裡消失了。

不對，應該是數十秒。

「來了啊啊啊啊！」

蓮邊叫邊抓住趴在旁邊的椅腳。

「咕！」

Pitohui停止射擊，把ＫＴＲ—０９掛在肩上，從傾斜度急增的中庭全力往上跑。

「嗞！」

最後跳了起來，伸長雙手——

雙手手指成功搆住中庭最終端的劇場觀眾席邊緣。

掛在天空中的Pitohui晃動雙腳，在流下喜悅淚水的情況下大叫著：

「啊哈哈哈哈！有一套呢！小蓮！真有一套！」

把這艘船弄沉。

這就是Pitohui的心願與作戰。

因此而沒有封閉防水隔牆，讓它全速航行，同時也為了完成其他的事情而讓它與大樓猛烈撞擊。

但是這艘大到難以置信的客船卻比Pitohui所想、所希望的還要堅固。就像在說我不會輕易沉沒一樣一直撐了下來。彷彿過去死在這裡的地球人，以及「克拉拉」的怨念還殘留著一樣。

原本Pitohui幾乎已經放棄在ＳＪ３結束前讓船沉沒，但是蓮做了很了不起的事情。沒錯，開了一場電漿手榴彈煙火大會。

Pitohui的努力與蓮的最後一擊，讓這艘船就要葬身海底。

「能夠有同樣的想法真是令人高興！小蓮，妳果然是值得我Pitohui賞識的女人！」

Pitohui縮起抓住邊緣的手，緩緩露出臉來……

「…………」

結果就看見站在朝天的椅背上，默默把Ｐ９０對準自己的蓮。

Pitohui看向她的眼睛。

「啊啊，妳果然是我的死神——小蓮。」

等待Pitohui把話說完，蓮的食指就放到扳機上。

一條彈道預測線準確地停在Pitohui的額頭。

接著蓮就開火了。

沒有絲毫的猶豫。

Pitohui的身體無聲地往下掉。

從腳靜靜地落下幾乎變成垂直壁面的中庭地磚旁邊——

「嘎啊！」

剛才在被擊中前所放開的雙手，抓住掛在肩膀上的ＫＴＲ—０９後，就把槍口貼到眼前流動的地磚上，不對，應該已經是「牆壁」了。

滋嘎嘎嘎嘎嘎嘎嘎嘎！

以全自動模式開槍。

槍口的火花照亮地磚牆面，在上面刨出洞穴。緊接著……

喀哩！

不知道第幾發子彈發射出去時，槍口同時插進開火轟出的洞穴裡。

Pitohui以插進洞穴的ＫＴＲ—０９為軸心，將雙腳壓到地磚上。地磚被靴底踩得碎裂，Pitohui也得以停止垂直移動。

掉落的距離大概是7公尺左右。抬頭往上看後，能見到的是地磚懸崖上方的淺灰色天空。

「喝啊啊啊！」

Pitohui開始爬起那道牆。

開槍後過了幾秒……

「結束了……」

蓮踩著沉靜且慎重的腳步，經由變成直向的椅子上方來到絕壁邊緣。

緩緩往Pitohui落下的地方看去……

「嗨～！」

結果和5公尺前方的對手四目相對……

「嗚咿！」

臉部就因為驚嚇而開始抽搐。

M把甲板20上右舷客房大樓的扶手當成梯子來往上爬。

他的視界前方可以看見貼在垂直崖面往上攀登的Pitohui。

她的雙手上握著從靴子抽出來的細長匕首。用力將匕首尖端插進地磚的縫隙後，幾乎只靠手臂的力量來往上爬。簡直就像是攀岩者一樣。KTR—09則依然刺在3公尺左右的下方。

M回頭往下方看去。
塔的高度剩下150公尺。
「臭傢伙——————」
蓮依然毫不猶豫地出手。
只用右手將P90的槍口對準從正下方往上爬的Pitohui——
但在開槍前就被擊中了。
只靠一條右臂與匕首攀在牆壁上的Pitohui以XDM手槍射擊了。
發射出去的40毫米子彈……
「咕嗚！」
命中蓮的右手腕，讓該處閃爍著鮮紅的著彈特效。
因為是手槍的子彈，所以沒有把纖細的手腕轟斷——但已經完全無法使力，P90就這樣滑落……
啪嘰。
由於肩帶掛在蓮的背部，所以P90也不再繼續掉落。
但Pitohui也同時發射第2發子彈。

在短短5公尺的距離下，Pitohui的射擊不可能失手。

子彈朝蓮的左眼筆直飛來，然後擊中因為肩帶而晃動的P90槍口附近。

防止蓮立即死亡的P90同時往下掉。因為子彈打壞了肩帶上面的扣環……

「嗚！」

蓮原本試圖以左手抓住掉落的P90，但最後還是放棄迅速縮回身體。

子彈像要削落她小小的鼻子一樣，快速飛過她眼前2公分的地方。

M的視線前方——

看見粉紅色槍械掉落。不過那是明智的判斷。蓮如果硬是想把它拿回來的話，顏面應該已經被子彈貫穿了。

P90從變成直向的中庭旁邊掉落，沒有撞上商店的看板或者遊樂園的遊具，最後直接被海洋吞沒。

塔的高度剩下120公尺。

看不見蓮之後，Pitohui就丟掉XDM手槍。然後揮動空下來的左手叫出指令視窗，迅速選擇「一併解除裝備‧其之2」。

下一個瞬間，空著的槍套與仍然插著槍的槍套都從Pitohui腿上消失。

接著對於攀爬造成物理上阻礙的裝備背心從身體上消失，露出底下纖細身體上的深藍色緊身連身服。頭上的護具消失後，馬尾就稍微晃動了一下。

剩下來的就只有背上收納光劍的包包。

Pitohui的左手再次抓住匕首，然後跟剛才一樣刺著地磚的縫隙往上爬。

「喝！喝！喝啊！」

每刺一刀都會發出喊叫聲的Pitohui終於來到斷崖邊緣。把匕首插在縫隙裡的她一口氣撐起身子。

這是蓮如果使出踢擊的話，就準備以匕首為立足點，用手抓住她後直接往後丟的姿勢，只不過……

「果然被看出來了嗎……」

蓮已經不在那裡了。

她退到相當遠的地方去。變成垂直狀的野外劇場階梯狀觀眾席。她就站在最下層，高約5公尺左右的地方。

「…………」

圓滾滾的眼睛靜靜地往下瞪，然後右手往背後伸去。當她將右手移回身體前方時……

「來吧！Pito小姐！」

就可以看見一把發出烏光的戰鬥小刀。

Pitohui雙手插進背後的包包裡，接著緊握住光劍並將其抽出……

「那我就上嘍！」

兩把光刃往前延伸。

塔的高度剩下80公尺。

「殺啊啊啊啊！」

Pitohui率先跑了起來。

往上跑的Pitohui毫不在意變成直向的階梯狀座位那相當累人的段差，朝著5公尺上方展開二刀流突擊——

「好恐怖！」

蓮逃走了。

迅速一個轉身之後，以超越Pitohui的速度跑上剩下來的階梯狀座位，使用舞台前面椅子的椅背遁逃到左側。

「喂！咦？什麼？啥啊啊啊啊啊？這時候還逃走？」

感到啞然的Pitohui放聲大叫……

「那還用說嗎！竟然拿兩把光劍！太狡猾了！」

結果得到這樣的回答。

「混……混蛋！這是作戰！」

追上去的Pitohui或許是為了洩憤吧，只見她不停揮動手臂，結果附近的椅子就被切成兩半，跌落到70公尺下方的海洋當中。

這段期間蓮已經逃到舞台的左側，一溜煙抵達客船最後部，就以猴子般的身手在扶手間飛越，繼續往目前朝著天空的船尾逃亡。

「不是要一決勝負嗎！蓮——————！」

由於速度絕對比不上對方，知道追不上還是從後面追趕的Pitohui……

「只要待在高處就能獲勝！」

這時聽見了難以置信的回答。

「什麼！妳想讓我溺死來獲勝啊啊啊！這樣就滿足了啊啊啊！這算什麼女人的戰鬥啊啊啊！」

依然擺出二刀流的Pitohui，大步跑在椅背上這麼扯開喉嚨大叫。

這跟剛才從M那裡聽來的內容不一樣。實在差太多了。

「Yes！我改變心意了————！」

「開什麼玩笑，看我宰了妳！」

「妳從剛才就想這麼做了吧！」

像猴子般逃往船尾的蓮，以及相當慢才追上來的Pitohui，兩個人就玩了一陣子這樣的官兵抓強盜。

過了三十秒之後。

垂直豎立50公尺高塔頂端站著兩個人。

該處是呈平緩圓形，原本不應該有人站在那裡的船隻最後部。

白色外牆上寫著「尚有時間」的地方。

兩個人其中之一是蓮。

「…………」

右膝著地的她稍微曲身，把右手繞到背後反手拿著黑色小刀，以宛如小刀刀刃般銳利的眼神瞪著Pitohui。

已經無處可逃了。

另一個人是Pitohui。

「…………」

站在10公尺外的地方，拿著光劍的雙手筆直地伸向兩側。

發出藍白色光芒的劍，看起來就像是張開的翅膀。

酒場裡也轉播出這種模樣……

「加油啊小蓮！最後決戰了！」

「小蓮速度很快，絕對沒問題的！」

「砍死她！Pitohui！」

「不用留情！大姊頭！」

替兩人加油的聲音以差不了多少的聲量在各處響起。

在這樣的情況中，大衛以特別用力的聲音喊著：

「戰勝她吧！蓮！」

「抱歉了，小蓮。是我誤會妳了……妳是為了在唯一平坦的這裡戰鬥，才會把我引過來的吧。一點都沒錯，在那種站不穩的地方戰鬥根本一點都不好玩。」

依然瞪著Pitohui的蓮笑了起來。

「老實說……我打從心底希望Pito小姐在途中因為過於氣憤而失足滑落喔。」

「我在途中就注意到了。所以才恢復冷靜。」

兩個人的20公尺下方左右，現在依然有三具巨大螺旋槳不停地發出破風聲。

不用想也知道從這裡滑落會有什麼下場。

當然，就算避開螺旋槳而跌落也是溺死。即使因為裝備較輕而沒有溺水，ＨＰ也會因為海水而慢慢減少最後死亡。

「我們的武器只剩下手中這些了。而且立足地馬上就要沉沒。我看，接下來的一擊就決定勝負吧，背叛者小姐。這是ＬＰＦＭ與Betrayers的決鬥喲。」

Pitohui緩緩朝著蓮邁開腳步。

「…………」

「最後有什麼話想說嗎？」

「…………」

「那我們開始吧。」

看著張開雙翼緩緩靠近的Pitohui——

抱歉。真的很抱歉。

蓮在心中道歉了。

她緩緩把右手擺到身體前方，然後對著該處塗成黑色的戰鬥小刀傳達自己的想法。

抱歉了，小刀。

為了守護我而死吧。

面對蓮的心聲……

「那有什麼問題，蓮小姐能夠活下來的話，小的很願意犧牲自己。」

小刀有了回應。可以聽見沉穩的聲音。

「只不過，最後可不可以也幫小的取個名字呢？」

蓮這麼回答：

「謝謝，然後再見了……『小刀刀』。」

敵我的距離剩下5公尺，蓮像跳躍般起身之後，直接就揮動右手。

動作雖然類似由下往上的斬擊——但是她的手卻是張開，於是小刀便朝著Pitohui的顏面飛去。

「殺啊！」

Pitohui的左手一揮，在空中對小刀橫掃過去——

把它熔成金屬塊。從SJ2就一直收在蓮腰間，而且活躍過好幾次的小刀現在陣亡了。

Pitohui走過剩下來幾步的距離，高高地舉起右手……

「再見了，小蓮。」

以至今為止最快的速度往蓮的左肩砍下。

Pitohui修長的手臂靠近蓮嬌小的身軀——

對於只有敏捷度勝過對方的蓮來說，這段時間足夠她把右手觸碰腰部側面，然後再次移回身前了。她接著又扭動身體，往下避開Pitohui的袈裟斬後，下一個瞬間——

「咦？」

Pitohui的右手掌整個消失了。

戴著手套握住光劍的手連同光劍往左側飛去，然後直接從船的後部斜面滑落……

「咦？」

最後掉入大海當中。

為什麼右手會被砍斷？

即使心中浮現問號，Pitohui的左手還是動了起來。對著逃向自己右側的蓮做出橫掃追擊。

但光劍尚未通過自己前面時，蓮嬌小的粉紅身體就往自己撲過來……

「咕哇！」

左肩閃過沉重的疼痛，左手的感覺一瞬間中斷。

遭到飛撲而往後倒下的Pitohui，在背部承受撞擊之前，看見了深深刺入自己左肩的那個。

刀面有鋸齒狀凸出，略顯短小的戰鬥小刀。

蓮不應該擁有的武器。

「為……什麼？」

聽見她自然脫口而出的疑念後，坐在Pitohui身體上，手中依然握著小刀的蓮就回答：

「是剛才老大送給我這個同隊的伙伴！我一直把它藏在空著的彈匣包裡！」

在一個人騎在另一個人身上的狀態下……

「這樣啊！那也算很了不起啊啊啊啊！」

Pitohui的左臂此時因為麻痺而無法動彈，她好不容易才轉動手腕，連同握著的光劍往腳底下揮落。

長長的光刃像是切奶油一樣，把蓮雙腳腳脛以下的部分，以及被壓在底下的Pitohui雙腳膝蓋以下的部分砍斷。四隻腳離開身體後開始滾動……

「嘎！」「嘎啊！」

蓮與Pitohui同時發出悲鳴。

兩人的ＨＰ一口氣減少。

蓮最後還剩下兩成半左右。

Pitohui包含失去右手掌以及肩傷在內大概剩下四成。

「再來一擊——」

Pitohui準備再次揮動左手……

喀哩。

蓮用盡吃奶的力氣轉動插在左肩上的小刀。

「嘎啊！」

Pitohui身上再次出現傷害認定，而且左臂竄過一道痛覺，使得光劍只是無力地輕撫過剛才砍斷的部分。

失去雙腳的蓮趴在失去右手與雙腳的Pitohui身上……

「這次要刺頭部！然後贏得勝利！」

右手想要拔出小刀而開始用力，結果在那之前纖細的手腕就被牢牢抓住了。

Pitohui的左手放開唯一的武器光劍移了回來，像是老虎鉗一樣緊抓住蓮的手腕。

接著Pitohui更用失去手掌的右手手肘夾住蓮的左臂。

「什麼？」

「看，抓住了、吧……」

「這臭傢伙！」

「由小蓮主動過來我這邊……真是積極耶……太棒了！」

「噠啊啊啊啊！」

不論蓮怎麼掙扎，還是無法抵抗力量遠勝過自己的Pitohui。不但雙手無法動彈，右手腕甚至因為對方的緊箍而開始受傷。

蓮臉部的位置就在Pitohui的面前。就算想咬斷對方的喉嚨，在上半身無法動的情況下也只是痴人說夢。

現在也能聽見空氣從船內被擠出來的聲音混雜在螺旋槳空轉的聲音之中，由此可知這艘船漂浮在水面上的部分已經不多了。

「小蓮……妳太厲害了……這才是我所害怕的小蓮……能和妳戰鬥是我的光榮。想不到最後還能像這樣互擁，所以就讓我們兩個人一起在這裡好好地溺死吧？」

Pitohui近在眼前的臉因為高興而扭曲……

「不！我對殉情沒有興趣！現在就要幹掉Pito小姐來獲勝了！」

「哦，妳要怎麼做？」

武器與動作全部被封住的蓮聽見對方的問題……

「之前Pito小姐也說過吧！用頭腦的一方才能贏得戰鬥！」

蓮將唯一可動的部位從胸部整個往後拉。

然後……

「噠啊！」

往下擊落。

像榔頭一樣揮動自己的頭部。而且是以超乎常人的速度。

喀滋！

蓮的額頭朝著Pitohui的額頭落下，發出不像是生物之間撞擊的聲音。

「呀！」

Pitohui的悲鳴覆蓋過這道聲音。

蓮的額頭雖然也閃爍著因為打擊所造成的傷害認定特效光，但Pitohui則是額頭與後腦杓都可以看見紅光。遭到擊打時，她的後腦杓還撞上船隻的鐵板，也就是受到了雙重傷害。

「再來！再來！再來！」

喀滋！喀滋！喀滋！喀滋喀滋喀滋喀滋喀滋喀喀喀喀喀！

蓮一開始像榔頭般的頭槌變成超乎常人的速度，終於變化成啄木鳥般的連打。

由於被Pitohui強大的力量按住，所以不論用多麼快的速度擊打，輕量的身體都不必擔心會被力量帶走。

「嘎……嘎……嘎嘎嘎嘎嘎嘎嘎嘎嘎嘎嘎！」

Pitohui的悲鳴配合連續擊鼓聲產生變化，覆蓋住頭部的光芒也越來越鮮豔。

Pitohui視界的左端，ＨＰ正一點一滴地減少。但是打擊所造成的傷害還不至於能殺了她。ＨＰ就算減少也還有三成以上。

但是頭部的傷害具有超越數值的恐怖之處。

那不論是在現實世界還是ＶＲ遊戲裡都一樣——也就是腦震盪。

被用力搖晃的腦，發生暫時或者長期的異常。結果就是……

「喝啊！」

當蓮不知道第幾次完成頭槌並把頭往後拉時，Pitohui的拘束就很輕鬆地解開了。左右手同時恢復自由的蓮向後一個翻身就離開了Pitohui。

但是小刀依然插在她的左肩上。

蓮迅速地打算站起身子，但因為腳脛以下的部分早就消失而跌倒。

所以蓮她……

「咕哇啊啊！」

使用雙臂往前爬行。她拖著身體在鐵板上爬著，再次來到Pitohui腳邊，抓住切斷面發著光的那個……

「蓮……妳果然……想讓我……溺死嗎……？這個……卑鄙小人……」

腦袋被用力搖晃而無法順利說話的Pitohui斷斷續續地這麼回答。

「不是喔，Pito小姐，這樣對Pito小姐以及一路作戰到此的戰士都很失禮。」

「我想也是……啊啊，腦袋、終於比較、清醒了……馬上就能站起來……殺掉小蓮。就算只有一隻左手，也能戰鬥……」

「Pito小姐啊。」

「什麼事呢？小蓮……」

「在那之前先去死吧。」

然後蓮就用盡全身的力量把Pitohui的身體推了出去。

只有酒場裡的觀眾能看見Pitohui的下場。

Pitohui被蓮推出去後，就從客船最後部的「溜滑梯」掉下去了。

不久後就被拋到空中——在撞擊水面之前，於接近水面處攪動空氣的螺旋槳就把她彈起來，然後變成無數的多邊形碎片了。

紅色血霧四散。

下一刻，船就沉到比螺旋槳更低的位置。

回到水中的螺旋槳恢復推進力後，船就開始前進。不過是往海底的方向。

影像就像快轉一般，播放著剩餘30公尺的豪華客船快速沉進海裡。巨船最後的下場實在太悽慘了。

大量的水泡包圍著客船消失處的四周——

其中有一顆粉紅色小點漂浮在上面。

咦？還沒結束嗎……

蓮一邊想，一邊仰躺著漂浮在水面上。到剛才都是驚滔駭浪的海洋，現在已經像是鏡子一樣平穩。

沒有腳掌的話幾乎就無法游泳，但失去裝備的蓮現在體重最輕，所以也沒有沉下去。

只不過依然是處於全身觸碰到海水的狀態，一看就知道HP不停地減少。目前只剩下5％左右。

除了我之外，還有人活著嗎……

Pitohui應該掉到螺旋槳上了，實在不認為那樣還能活命。

吧。

「如此一來，就是M先生嗎……」

蓮接受這個事實，同時也放棄掙扎了。反正已經無計可施。自己再過二十秒左右也會死亡吧。

「難道是搭乘了逃生小艇？」

「不對，沒有那種東西了。」

從頭部後面傳來這樣的聲音。

「哦嘿？」

蓮一回過頭就被抓上空中。

「嗚咿？」

「別亂動。會掉下去喔。」

由於全身離開海水，所以HP就在減少到剩下2％時停了下來。

目前是對著淺灰色天空所以看不見，但大概可以知道是什麼情況。M以站立的方式踢著水，然後把自己舉起來。他的腳力真是太驚人了。

「喂……M先生！你會受傷啦！」

「嗯。我的HP快用光了。趕得及真是太好了。」

「等等，你的優勝！」

「那根本不重要。Pito也說過了。這才是我的任務。蓮，謝謝妳了。」

「啥？我做了什麼值得被感謝的事情嗎？應該是相反吧，M先生！要不是我態度這麼曖昧，也不會被Pito小姐耍著玩，甚至無法好好加入背叛者小隊！」

「那是Pito不好。」

M立刻很乾脆地做出判決。

「那……我還是不清楚你為什麼要向我道謝？」

「嗯。謝謝妳認真地和Pito戰鬥。」

下一個瞬間，蓮的身體就掉落到海裡。她也再次連臉都浸在水中。

「嗚哈噗！」

再次浮上來時，往上看的灰色天空中……

「CONGRATULATIONS!·WINNER BTRY!」

就浮現這這樣的文字。

而M已經消失得無影無蹤。

只有蓮一個人漂浮在空無一物的偌大海洋中。

比賽時間：一小時五十九分鐘。

第三屆Squad Jam結束。

優勝隊伍：「ＢＴＲＹ」。

大會總開槍數：68,029發。

SECT.18

第十八章　各自的結束與開始

回到待機區域的蓮……

「…………」

在那裡撿起放置在腳下的P90後，就把它和彈匣一起收進倉庫欄裡。

小刀則沒有出現在該處。

空中的畫面以鮮豔顏色傳達著恭喜獲得優勝的訊息，同時也詢問接下來要做什麼。

「…………」

披上斗篷的蓮選擇回到酒場。

結束眩目的傳送，在酒場的舞台張開眼睛的蓮……

「恭喜！」

巨大身軀緊抱住她。

「唔嘎咕！」

蓮蠕動身軀從足以讓人覺得是不是受傷了的擁抱中脫身而出，結果視界全部充滿了辮子。

不用說也知道是誰了。

「謝謝妳，老大。多虧了妳的小刀。」

「不客氣。那我們去喝一杯吧！」

從老大的巨大身軀中解放出來的蓮，一邊接受大量稱讚優勝者的歡呼聲與拍手聲一邊在酒場內前進。

如果老大沒跟她待在一起的話，現場一定會更加狂熱——

蓮可能會被熱血沸騰的觀眾們東摸西摸，並且抬起來拋著喝采，最後猛烈撞上天花板。

這時候蓮看見了。

坐在一張桌子前面的ＭＭＴＭ成員們以笑容目送自己。

當中「原本是隊友」的帥哥隊長更是在人群擋住蓮之前都不停地拍著手。

別張桌子前面有兩個人正探出身子談話，其中綠髮女性應該就是上次狙擊Pitohui的人，而另一名則是看起來像黑髮帥哥，實際上是女性玩家，上屆還給了蓮彈匣的人。她們兩個就是一起死在編組站的對手。目前正以嚴肅的表情談話當中，但是聽不見她們在說些什麼。

另一張桌子前面有五名不清楚長相與姓名的男人正熱鬧地舉行自己的宴會，他們一發現蓮……

「OB！」

就對蓮說出說莫名其妙的發言，同時也露出超級爽朗的笑容。

這時候蓮還是先向對方點了點頭。心裡則一邊想著「呃，這些人是誰啊」。

而她被帶過去的桌子前面已經有六名女性玩家。

當她們不知道進行第幾次的乾杯時，其中一個人……

「哎呀！優勝的背叛者來了！所以讓我們再次乾杯！～！」

對方是把一頭金髮全放下來的美少女，所以一瞬間不清楚她是誰，但仔細看就知道是自己不可能認錯的女人。她正是不可次郎。

正如她以前曾自豪地說過「光靠氣氛就能喝醉」一樣，在虛擬空間裡喝了大量虛擬的酒後……

「喂，那邊！還喝不夠多喲！」

就變成了虛擬的惡劣酒鬼。

那是蓮至今為止從未見過的浪蕩表情。

其他五個人是SHINC的成員。黑髮的冬馬、金髮的安娜、矮人蘇菲、大媽羅莎以及銀髮的塔妮亞。

蓮被帶到娘子軍加上小不點槍榴彈使用者的圓桌前，然後在空椅子上坐下來。

那張桌子周圍雖然坐著許多男性，但沒有任何一名勇者敢去向這群人搭訕。她們也因此而得以靜靜地談話。

心愛的冰紅茶被送到眼前……

「那麼就由小的我來說幾句話，耶～乾杯！」

不可次郎完成極簡短的致詞與帶頭祝酒。

蓮先用吸管啜了一口冰紅茶，療癒了激戰之後感到口渴的虛擬喉嚨。

鬆了口氣後，一開口就提出早已決定的問題。

「Pito小姐和M先生呢？」

手拿著酒的不可次郎回答：

「今天就讓他們沉澱一下心情吧。」

那是蓮至今為止從未見過的認真且溫柔的表情。

＊　＊　＊

東京都內，某棟公寓裡拉上窗簾的微暗空間中……

「又……輸了……」

有一名全裸的女性正在哭泣。

剛從隔離艙裡出來的她，在小小的身軀與長髮還是濕濡狀態下就蹲坐在堅硬的地板上，伏著臉輕輕地震動著。

一名瘦削但肌肉發達的全裸男性靜靜地靠近，從後面抱住嬌小的背部……

「辛苦了。很精采的戰鬥喔。」

在女性耳邊這麼呢喃完……

「又輸了啊啊啊啊啊啊啊啊啊啊啊啊啊啊啊啊啊啊啊！」

女性像要擠出所有心思般的放聲狂吼後，又對著抱住自己的男性丟出一句：

「咦？你有這麼溫暖嗎……？」

「嗯……我無論何時都——咕噗！」

回答溫柔言詞的男人，被一溜煙從擁抱中脫身而出的女性一拳擊中腹部。

「這樣我的拳頭就不用怕冷了！」

接著就使出第二記、第三記拳頭。

「咕噗！嘎噗！啊啊，那裡……」

請稍待片刻。

先痛扁了豪志強壯的身體來消氣的神崎艾莎，在微暗房間的正中央，而且是在全裸狀態下張開雙臂……

「下次一定要報仇！」

如果不是高級公寓，這樣的音量可能就會讓鄰居敲打牆壁來抗議了。

「還要打嗎？」

聽見豪志傻眼的聲音後，艾莎立刻以高興的口氣回答：

「那還用說嗎！我要打到贏為止！這才是所謂的遊戲吧？」

二〇二六年七月二十六日，星期日。

ＳＪ３結束後剛好過了三週的某個暑假下午，香蓮在自己的房間裡閒晃和咲通著電話。

「是神崎艾莎的新歌喔！剛剛才開始網路販售的最新歌曲！突然的發表讓我嚇了一跳！」

透過智慧型手機也能感受到咲的興奮。

「香蓮小姐也一起聽聽看吧！」

由於可以一邊通話一邊播放檔案內的音樂，所以頓時可以聽見原聲吉他的伴奏。

香蓮將自己的手機連結到房間的音響系統，從該處聽著音樂。她看著畫面上流出的歌詞，傾聽充斥整個房間的歌聲。

那是一首——

開朗樂觀的歌曲。神崎艾沙在飛躍的吉他伴奏之下唱著歌。

她唱著女人啊，要好好變強。不要輸給困難。不對，雖然有許多失敗的經驗，但不需要一直唉聲嘆氣。不要以身為女人為藉口，也不要拿運氣不好當擋箭牌，更不要怪罪世間和社會，要經常接受挑戰、持續戰鬥。

雖然算是具有些許攻擊性，或者可以說是很容易流於說教的加油歌曲，但是卻能清爽地鑽入耳中，這全是拜神崎艾莎的音樂才能、清澈歌聲以及溫柔的歌唱方式所賜吧。在優美的和音急速彈奏之下，吉他的尾奏結束了。

聽完歌曲的香蓮……

「怎麼樣？很棒吧！很好聽吧？現在是二〇二六年！是幫生活在這個狂暴亂世、瘋狂時代的女性加油的歌曲喲！真讓人熱血沸騰！」

咲像機關槍般說出一大串話來，蓮則是感受著她的興奮……

「嗯，確實很好聽。是以前的神崎艾莎所沒有，但是又很符合神崎艾莎風格的歌曲……謝謝妳告訴我。我也馬上來下載吧。」

「哎呀，我就知道香蓮小姐會這麼說！嗯嗯。」

「變強嗎……」

仰躺在床上的香蓮，直接把內心的想法說出口。

「我也想要變強呢……」

「咦？」

「咦？」

（完）

後記超級企畫

M射擊遊戲！

ATTENTION!!
翻到下一頁
看看遊戲的
遊玩方式吧！

GUN GALE ONLIN

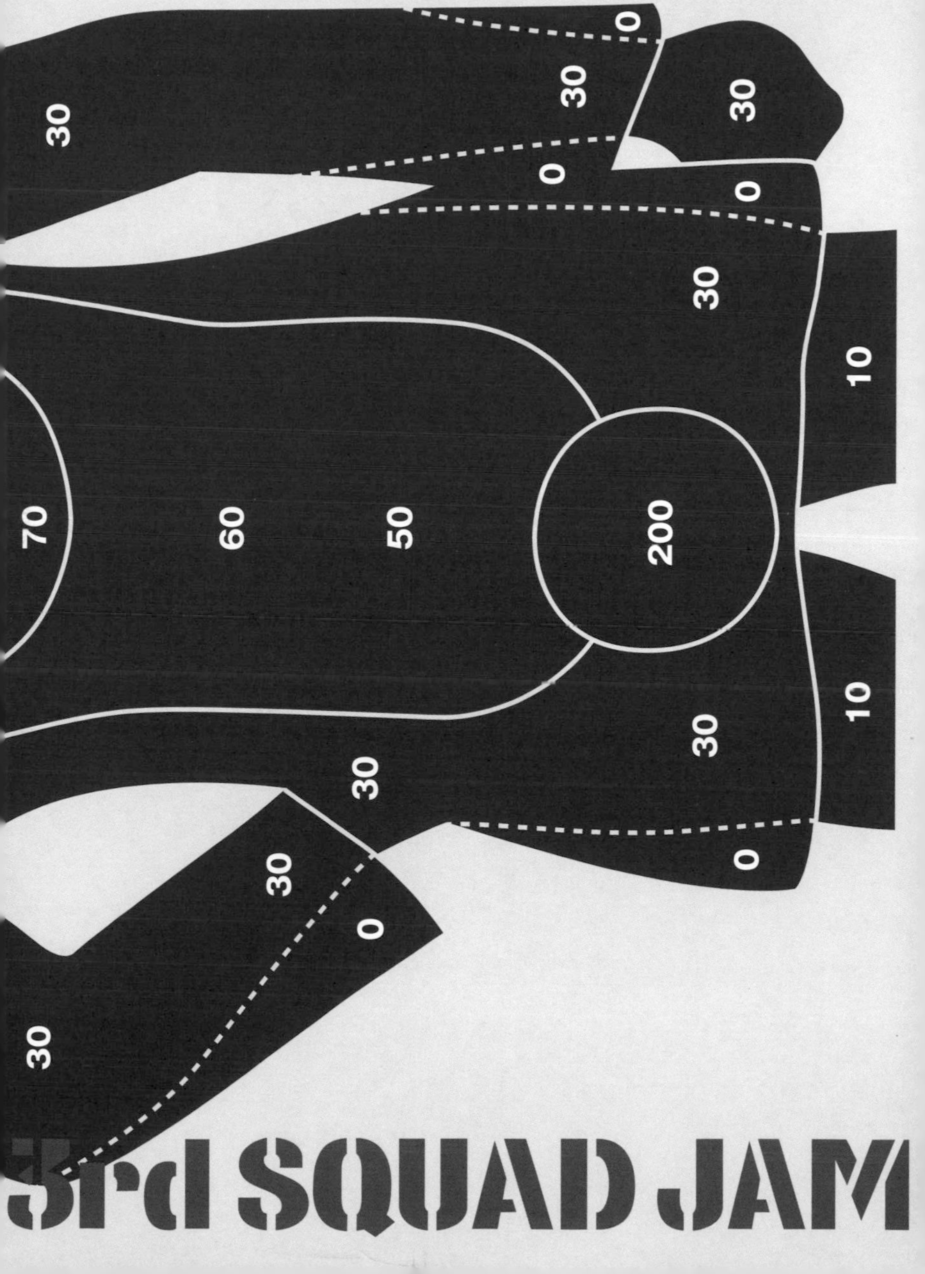
30
0
30
30
0
0
30
30
10
70
60
50
200
10
30
30
30
0
0
30
3rd SQUAD JAM

GUN GALE ONLINE
3rd SQUAD JAM

後記超級企畫
M射擊遊戲！

準備物品

本書
橡皮筋（大量）
手與眼
對射擊的滾燙熱情

遊戲方式

打開標靶頁面，放置在安定的場所。
此時請注意流彈是否會波及後方。

把橡皮筋勾在手指上然後射擊。
射擊方法請依照父母親或者祖先代代傳授下來的方式，或者自行上網搜尋
來找出最適合自己的形式。

從近距離開始，習慣後再拉長距離。

以變成 Pitohui 的心情來射擊將會變得更 High。
計算擊中處的點數，以獲得高分為目標吧。
最後的目標是進軍地方大會。

CAUTION !!

注　意

・雖說是橡皮筋，但依然是「槍」，絕對不要對人、動物以及不想弄壞的物品射擊。
・我想大家內心一定有許多想法，但也不要朝著時雨沢惠一射擊。
・就算射中點數高的位置，也不要發出奇怪的聲音。
・在學校玩時，注意不要被喜歡的人看見了。
・標靶變得破爛時，不要忘了再買一本的話作者會很高興。
・距離 1 公里以上進行射擊時，除了風與重力的影響之外，也別忘了要考慮地球自轉的影響所產生的「科里奧利力」。
・不要用書店或者圖書館等自己沒有購買的書籍來玩本遊戲。
・請不要用威力強大的軟氣槍或者真正的槍械來射擊本書。

2016年7月　時雨沢惠一

蓮與Pitohui的視覺印象
是兔子與蛇。

感覺兩人獸化的
程度好像隨著集數
越來越嚴重。
最後可能會變成
這樣的插畫
也說不定。
黑星紅白

國家圖書館出版品預行編目資料

Sword Art Online刀劍神域外傳Gun Gale Online. 5, 3rd特攻強襲 背叛者的選擇. 下 / 時雨沢恵一作 ; 周庭旭譯. -- 初版. -- 臺北市 : 臺灣角川, 2018.05

面； 公分

譯自 : ソードアート・オンライン オルタナティブ ガンゲイル・オンライン. V, サード・スクワッド・ジャム ビトレイヤーズ・チョイス

ISBN 978-957-564-174-0(平裝)

861.57 107003072

Kadokawa
Fantastic
Novels

Sword Art Online刀劍神域外傳 Gun Gale Online 5

—3rd特攻強襲 背叛者的選擇（下）—

(原著名：ソードアート・オンライン オルタナティブ ガンゲイル・オンラインV ーサード・スクワッド・ジャム ビトレイヤーズ・チョイス<下>ー)

2018年5月14日 初版第1刷發行
2020年1月20日 初版第2刷發行

作者：時雨沢惠一
插畫：黑星紅白
原案・監修：川原 礫
日版設計：BEE-PEE
譯者：周庭旭
發行人：岩崎剛人
總經理：楊淑媄
資深總監：許嘉鴻
總編輯：蔡佩芬
主編：朱哲成
美術設計：宋芳茹
印務：李明修（主任）、張加恩（主任）、張凱琪
發行所：台灣角川股份有限公司
地址：105台北市光復北路11巷44號5樓
電話：（02）2747-2433
傳真：（02）2747-2558
網址：http://www.kadokawa.com.tw
劃撥帳戶：台灣角川股份有限公司
劃撥帳號：19487412
法律顧問：有澤法律事務所
製版：巨茂科技印刷有限公司
ISBN：978-957-564-174-0

SWORD ART ONLINE Alternative Gun Gale Online V
3rd Squad Jam Betrayers' Choice

First published in Japan in 2016 by KADOKAWA CORPORATION, Tokyo.
Complex Chinese translation rights arranged with KADOKAWA CORPORATION, Tokyo.